Alexandra Lucas Coelho

e a noite roda

RIO DE JANEIRO:
TINTA-DA-CHINA
MMXII

Edição apoiada pela Direção-Geral do Livro e das Bibliotecas / Secretaria de Estado da Cultura — Portugal.

© Alexandra Lucas Coelho, 2012

1.ª edição: junho de 2012

Edição: Tinta-da-china Brasil
Capa e projeto gráfico: Tinta-da-china Brasil
Imagem da p. 15: The Ivory Head, Ugarit, século XIII a.C., Ras Shamra

C672	Coelho, Alexandra Lucas E a noite roda / Alexandra Lucas Coelho. 1.ed. – Rio de Janeiro: Tinta-da-china Brasil, 2012. 248 pp.; 21 cm ISBN 978-85-65500-03-6 1. Literatura portuguesa – I. Título. II. Série CDD P869 (22.ed) CDU 869

Todos os direitos
desta edição reservados à
Tinta-da-china Brasil
R. Júlio de Castilhos 55, Cobertura 01
Copacabana RJ 22081-020
Tel. 0055 21 8160 33 77 | 00351 21 726 90 28
Fax 00351 21 726 90 30
infobrasil@tintadachina.pt
www.tintadachina.pt/brasil

I love you
But honey now I've got to be gone

Richard Swift

índice

2010.................... 9

2004................17

2005...............71

2006..............163

2010 237

2010

*Se azuis são os seus olhos
azul será a minha lança*

Ibn Al Qaysaran

Damasco

Escrevo para acabar com a história, escrevo para que a história comece. *Esquece a morte e segue-me.*

Sete e meia da manhã em agosto. Gosto do cheiro de jasmim pela manhã no pátio de Karim. Ainda não o conheço, está no Brasil, chega em dezembro: Karim Farah. Nome estranho para um brasileiro, mas o amigo do amigo que nos pôs em contacto disse-me que há milhões de descendentes sírio-libaneses no Brasil. Não sei nada do Brasil, sabemos pouco do Brasil na Catalunha. Por acaso o amigo do meu amigo foi tocar ao Rio de Janeiro, conheceu Karim e ele contou-lhe que tinha uma casa em Damasco onde recebia músicos. Eu andava a estudar cantigas do Al Andaluz, precisava de ver arquivos em Damasco. Escrevi a Karim, respondeu que viesse. Mesmo na sua ausência a casa era minha.

No dia marcado foram buscar-me a Bab Sharqi, o portão oriental da Cidade Velha. Entrámos ao crepúsculo, com o *souk* a acelerar na cacofonia dos últimos pregões. Tudo foi ficando cada vez mais estreito, até acabar num beco onde se ouvia o eco de cada passo. Ao fundo uma pequena porta abriu um clarão.

Achei-me entre laranjeiras, fontes de azulejo e madrepérola. Era o próprio Al Andaluz.

Oito séculos de miragem árabe na Península Ibérica, começando pelas dinastias de Damasco. O nome é já uma miragem, Al Andaluz, quando o resto da Europa dormia nas trevas.

Os arquivos que me interessam só podem ser vistos à tarde. Passo as tardes com poetas medievais e as manhãs a deambular, orientada pelo chamamento do *muezzin*. Assim voltou a história, ontem.

Eu estava quase a adormecer sob os arcos da Grande Mesquita, pés ao sol, cabeça à sombra, quando ouvi uma voz em francês, daquelas vozes que sorriem, a voz de Léon. Arregalei os olhos: não era ele, claro, mas foi irreversível.

O sol atingiu a vertical, ardia. Uma menina deu um grito ao pisar o pátio e avançou aos saltos com a família atrás, a mãe a segurar a saia, o pai desfiando o rosário. Tudo me aparecia como num quadro hiper-realista. Depois veio a enxurrada das vezes que julguei ver Léon: num barco ao largo de Bombaim, na noite da vitória de Obama, na chegada ao aeroporto de Barcelona, no meu café da esquina. Sempre ele e nunca ele. De tanto bater o meu coração não parou.

E vai fazer quatro anos em dezembro, *putain*, quatro anos que Léon desapareceu.

Então cá estamos, Gilgamesh, meu velho, primeiro de todos nós. *Esquece a morte e segue-me*, não foi o que disseste há 4500 anos? Pois passarás as manhãs à minha mesa, neste pátio da Cidade Velha de Damasco, enquanto escrevo a um desaparecido. Se azuis são os seus olhos, azul será a minha lança. Ficas de talismã, tu e o postal de Ugarit com aquela cabeça de marfim que chora lágrimas negras. Antes de chegar a Damasco estive em Ugarit, lá onde nasceu o alfabeto. Fazia tanto calor que as pedras tremiam, ou era já a minha febre. Daí caminhei para oriente até chegar ao Eufrates. É jovem, o teu rio, Gilgamesh, as crianças atiram-se do alto como setas. Depois do verão ainda teremos o outono, mas as manhãs serão cada vez mais curtas. Vem, segue-me.

2004

You provide the bourbon
I'll provide the skin

CocoRosie, versão Ana

Varsóvia

Quando Yasser Arafat foi internado de urgência, eu estava em Varsóvia. O governo local organizara um encontro de jornalistas europeus que haviam escrito sobre a Polónia no último ano. A minha única contribuição fora o obituário de Czeslaw Milosz. Há anos que nada sabia sobre o estado da nação. Morto Milosz, queria conhecer Cracóvia por causa de Wislawa Szymborska e depois ir a Auschwitz. Era nisto que pensava quando a cerimónia acabou e fomos todos jantar, uma nuvem de estranhos, quente e ruidosa. Não sei como surgiu a conversa, mas antes da sobremesa já toda a gente queria ir a Auschwitz na manhã seguinte. Marcámos uma hora.

E então acendeu-se o telemóvel.

Saí para a rua até conseguir perceber que Arafat estava hospitalizado em Paris.

— Podes fazer o funeral? — perguntavam-me do jornal.

Frio de estalo, o outono em Varsóvia. Eu via a minha respiração na noite como uma radiografia. Haverá voos diretos para Telavive? Claro que sim, mesmo carreiras da El Al, mesmo *charters*. A Polónia corre no sangue de Israel.

Voltei para dentro e fiz o meu bizarro anúncio.
Não fui a Auschwitz por causa de Arafat, mas pelo menos disso ele não tem culpa.

Na manhã seguinte apanhei um avião para Barcelona. Precisava do computador e da bagagem certa: o passaporte com carimbo do aeroporto Ben Gurion, o telemóvel com o *chip* israelita que funciona em território palestiniano, as cartas para entrar em Gaza. Além disso, o misterioso coma arrastava-se.
Só aterrei em Israel uma semana depois.

Jerusalém

Sempre que me lembro de aterrar em Israel é sábado antes de amanhecer. Os voos mais baratos da Iberia são durante a noite. Ainda no escuro, saio do terminal à procura dos *sherut*, os táxis coletivos. Alinhados junto ao passeio, os condutores gritam o destino com aquelas caras de pugilista-na-reforma que têm muitos israelitas.
— Telavive! Telavive!
— Yerushalaim! Yerushalaim!
— Jerusalém, sim — digo, aproximando-me com a minha mala.
— Onde? — pergunta o condutor.
— Junto à Porta de Damasco.
E ele faz má cara porque é «o lado árabe».
Na dormência de quem passou a noite a voar, sento-me à janela e espero que a carrinha encha para arrancarmos.

A auto-estrada atravessa uma longa planície, desce e depois sobe, até a cidade aparecer no alto, ao contornarmos um monte. Parece-me sempre prodigioso entrar em Jerusalém, que tudo aquilo realmente exista, e eu tenha direito a estar lá.

O condutor distribui os passageiros em sobe e desce pelos bairros judeus, casas de pedra com bandeiras brancas-e-azuis, hotéis com bandeiras brancas-e-azuis. O último passageiro sou eu e mal tiro a mala das traseiras o *sherut* desaparece.

Ninguém à vista. O dia vai começar. Estudantes palestinianas de lenço branco vão descer ao longo dos muros do convento, do outro lado da rua. Bancas de pão, chocolates, brinquedos, vegetais e jornais vão encher o passeio até lá abaixo, à Porta de Damasco. Os autocarros («Ramallah! Ramallah! Qalandiya!») vão entrar e sair da estação aqui em frente.

Empurro o portão do Jerusalem Hotel e subo os degraus de pedra, aspirando as flores na penumbra. Ahmed está na receção, entorpecido de sono. Dá-me a chave do quarto mais pequeno por cima do jardim, o único vago.

Pouso a mala. Tudo igual: as paredes de pedra irregular, os candeeiros de vidro, o cobertor de felpa, a secretária.

Dormes aqui ao lado, mas ainda não te conheço.

Acordo às dez, como se já fosse tarde. Está tudo para acontecer — e se alguma coisa já está a acontecer?

É 6 de novembro, Ramadão. Como o hotel pertence a palestinianos cristãos, não faz jejum. A alegre Ibtihaj está na receção.

— Ainda me dão pequeno-almoço?

O cheiro a pão quente com sésamo. Pão, queijo branco, chá de menta, um quase-expresso, *yallah*. Corro a apanhar um daqueles autocarros brancos e verdes para Qalandiya, *checkpoint* que separa Jerusalém de Ramallah. Daqui a anos, será um pseudoterminal de fronteira, com cabines à prova de bala, intercomunicadores e raio X, mas por agora mantém o velho cenário: sacos de areia, blocos de betão, arame farpado, israelitas demasiado jovens de arma na mão, palestinianos demasiado velhos para a idade que têm.

O engarrafamento de carros e peões é todo no sentido contrário, para entrar em Israel. Para sair, vamos por um carreirinho ao longo do arame farpado onde ninguém nos para.

E do outro lado os táxis palestinianos amarelo-torrado, um fervilhar de latas velhas com vidros encravados e carrinhas novas já a cheirar a tabaco.

Ramallah

— Ramallah! Ramallah! Ramallah! — apregoam os condutores, com o rrrr na ponta da língua.

Subimos a estrada para a cidade. Ainda tem as marcas dos tanques que vi na primavera de 2002, quando o exército israelita invadiu as cidades palestinianas em retaliação contra as bombas suicidas.

Arafat estava confinado ao seu quartel-general, a Muqata, e assim continuou, até ser levado agora para o hospital em Paris. O que toda a gente aqui vai dizer é que já morreu, e não de morte natural.

A Muqata continua semidestruída. Não há palestinianos em vigília, apenas jornalistas, câmaras, microfones. Ao começo da tarde, um representante da Autoridade Palestiniana anuncia que Arafat continua «estável». Passado um tempo, outro representante da Autoridade Palestiniana repete que Arafat continua «estável» e espera-se que possa «voltar à sua terra». O primeiro não ficará para a História, o segundo será o próximo presidente.

Voltar à sua terra?

Só estive com Arafat uma vez, quando os tanques israelitas retiraram de Ramallah e ele desfilou para mostrar ao mundo que estava vivo. A um palmo de distância, espantou-me a ausência de estatura. Era um velho mais pequeno do que eu, pálido e trémulo.

A cidade não saiu muito à rua por ele estar vivo. Vai sair agora por ele estar morto.

O que ouço na praça principal, nesta véspera de te conhecer:

— Será um grande funeral, como o de Nasser do Egito.

— Quando anunciarem a morte haverá uma guerra.

— Está morto há quatro dias, pelo menos.

— Alguém o envenenou.

Em redor, Ramallah cozinha o seu sábado de Ramadão num bruá de rádios, televisões e buzinas: panelões de maçarocas de milho; espetadas de tomate, cebola e carneiro; alguidares de grão que daqui a nada será *hummus*; frigideiras com *kataif*, as panquecas do mês sagrado. Tudo para comer logo que o sol se ponha.

E, milagrosamente, nem um cigarro. Tento pensar num palestiniano que não fume e não consigo, mas agora vejo centenas deles e nenhum a fumar. Há uma espécie de anestesia no Ramadão. Durante o dia, o corpo está mais fraco, menos reativo. Se alguém quis eliminar Arafat, este era o melhor dos meses.

Depois das cinco o sol cai e toda a gente desaparece. No *checkpoint* as filas continuam, noite fora.

Jerusalém

O dia seguinte é 7 de novembro, como vai aparecer na nossa correspondência quando nos agarrarmos a tudo para ter a certeza de que existimos, 7 de novembro, um domingo.

Venho a descer do meu quarto no Jerusalem Hotel de manhã cedo. Por baixo da escada há um computador ligado à net. Era aí que estavas, Léon? Quando reconstituíste o momento, vi-me a descer, sim, cabelo molhado, uma túnica. O ar em volta era morno, voltar a Jerusalém ocupava tudo. Mas na imagem seguinte já estou no jardim a tomar o pequeno-almoço. A memória salta da escada para o jardim mesmo depois de reconstituíres o momento: venho a descer, olhas para cima, sorrio-te.

Ter esquecido isso nada diz sobre o que a história será. Eu apenas não esperava ninguém.

A primeira vez que me lembro de ti é uma hora depois, naquele andar da rua Hillel por onde passam todos os jornalistas, o GPO, Government Press Office. Como fecha durante o *shabat*, domingo de manhã tende a ser hora de ponta, e com Arafat moribundo éramos dezenas, todos cheios de pressa. A credencial do GPO é a única forma de ir a Gaza.

Então entregamos as nossas cartas, a do jornal a dizer quem somos, a da embaixada israelita a dizer que nos conhece, fotocópia do passaporte e fotografia a cores. Preenchemos aqueles formulários intermináveis e vamos ao correio ali em cima, na rua Jaffa, pagar 50 dólares pelo cartão e pela maçada. Voltamos com o comprovativo e esperamos. Daqui a um tempo pagaremos com cartão de crédito no próprio GPO. Será como os terminais dos *checkpoints*, roupa nova para uma guerra velha. Mas então, como agora, cá estaremos.

Tu és uma cabeça grisalha aos caracóis no meio do corredor. É esta a minha primeira imagem: o corredor está cheio de gente, os meus olhos passam por ti e param porque me sorris, olhos azul-indigo de cantos caídos, mãos nas alças da mochila como um garoto.

Não és um garoto. Tens óculos de metal, barba tão grisalha quanto o cabelo. Tens mais uns dez anos que eu. À distância, vejo como tudo em ti pedia que alguma coisa acontecesse. Mas na altura não ficaste na minha cabeça mais do que o segundo em que pensei: conhecemo-nos de algum lado?

Ramallah

Mal me dão a credencial arranco de novo para o quartel-general de Arafat, onde nada está a acontecer, e depois vou entrevistar Mustafa Barghouti, médico e ativista laico, formalmente meu anfitrião durante o recolher obrigatório de 2002.

O doutor Barghouti fala-me de transição, de eleições, do futuro. Que esta é a oportunidade de avançar para a democracia, se Israel levantar os bloqueios, a comunidade internacional colaborar e o resultado do voto for respeitado. Que todos os grupos palestinianos entendem que uma guerra civil não serve a ninguém, e não, não vão lutar.

Fácil perguntar agora: ah, doutor Barghouti, como é que o senhor não viu? Mas ele está a falar no dia 7 de novembro de 2004 e ninguém segue em frente se não acreditar que do mal virá um bem. Todas as suas palavras virão a estar erradas e entretanto são as únicas certas.

Quanto a Arafat, viu-o horas antes da viagem para Paris. Pareceu-lhe doente como alguém que tem uma gripe e não como alguém que vai morrer. O que aconteceu depois? Um problema de imunidade? Efeito envenenador dos químicos? O doutor Barghouti é médico mas não está em Paris.

— Ana Blau!

O gigante Sami derruba-me num abraço. Não só continua a trabalhar com Barghouti como está a caminho do escritório onde nos refugiámos em 2002. Eu apanhara boleia em Jerusalém com um grupo de voluntários internacionais. Tentámos driblar o cerco a Ramallah, primeiro de carro, depois a pé, pelas montanhas, até entrarmos escondidos numa ambulância. Sami abrigou-nos num escritório várias noites, colchões de espuma no chão, enquanto os tanques ruminavam pela cidade. O islandês à minha esquerda dormia com música no ouvido, eu adormecia ao lado dos Sigur Rós. Havia uma judia francesa com um *pin* da Palestina, um casal de italianos operários da Fiat, uma avó californiana. Durante o dia distribuíam remédios e comida. Gastavam as férias nisto.

Dois anos e meio depois, Sami abre a porta desse escritório, agora deserto. Sento-me a escrever. Ele põe correio em dia. Trabalhamos lado a lado como se nos tivéssemos visto ontem. Despedimo-nos como se nos fôssemos ver amanhã.

Os repórteres sempre dependeram da bondade dos estranhos.

Jerusalém

Volto ao hotel, espreito as televisões. Notícias de Arafat: falou-se em problema de fígado, mas um ministro palestiniano declara que todos os órgãos estão a funcionar. Entretanto, o mundo prepara o funeral. Os israelitas até já anunciaram um plano de segurança para Gaza — acham que o funeral vai ser em Gaza, leia-se, querem que seja em Gaza.

As televisões têm dinheiro para manter gente em Gaza e em Ramallah, mas não o meu jornal. Que fazer? Continuar a dormir em Jerusalém até Arafat morrer, e depois decidir? Quem optar por Gaza pode demorar horas a chegar a Ramallah e vice-versa. Centenas de enviados já se acotovelam, e outros virão. É preciso estar no sítio certo, ter energia para os computadores, acesso à internet.

Tudo o que sabemos é que o funeral não será em Jerusalém. Israel não deixará que o inimigo ganhe na morte o que não ganhou em vida, direito eterno à terra mais cobiçada da História.

Inclino-me para Ramallah.

E na primeira vez que falo contigo o assunto é naturalmente esse. Cruzamo-nos ao crepúsculo no jardim do hotel. Uma conversa do género, olá, vimo-nos no GPO, não foi?, que vais fazer?, pois, é difícil saber, eu queria ir para Ramallah, e se fôssemos juntos?

És simpático. Não simpático-insinuante como aqueles enviados especiais de flor-em-flor. O teu género é mais bom-amigo. Belga francófono de sangue italiano, filho de imigrantes.

Foste correspondente em Moscovo, depois no Cairo, de onde cobrias o Médio Oriente. Estás em casa.

Falamos em francês. E vamos escrever um ao outro em francês. Somando o que não se perdeu, serão mais de 200 páginas de correspondência. Não percebo como não me cansei de toda aquela ginástica, tanta ansiedade de exatidão, tanto esforço numa língua que não escrevo desde a escola. Mas a frase que Proust põe na boca de Swann, *E pensar que estraguei a minha vida, que desejei morrer, que dediquei o meu maior amor a uma mulher que não me agradava, que não era o meu tipo*, ajuda-me a entender isso e o resto.

Ramallah

Então no dia seguinte, segunda-feira, vamos juntos à Muqata na traquitana que te deram no *rent-a-car*, a única que havia, usada à exaustão. E, como num passe de mágica, pela primeira vez faço Jerusalém-
-Ramallah diretamente, sem me esconder numa ambulância ou mudar de autocarro. Os jornalistas acreditados e motorizados podem atravessar o *checkpoint* VIP. É uma volta maior, mas entramos no carro à frente do hotel para só sairmos na Muqata.

Cá vamos, tu um pouco curvado sobre o volante, dominando a saída da cidade, eu a antecipar o manto ocre e ondulante da Cisjordânia, depois dos subúrbios de Jerusalém.

O céu abre-se. Rodamos sozinhos.

Ramallah

Na Muqata, o clima é anti-Suha, a mulher que casou com Arafat. A imprensa israelita anuncia que os líderes palestinianos vão hoje a Paris pedir que ele deixe de ser mantido artificialmente vivo. Suha aparece na Al Jazeera a acusá-los de quererem enterrar o marido. Os líderes palestinianos insultam-na. E há pequenas manifestações à porta da Muqata, com mulheres a perguntar onde é que esteve Suha enquanto Arafat aqui viveu cercado três-anos-três?

Desprezam-na como uma sanguessuga. Vive em Paris com uma mesada de cem mil dólares. As autoridades francesas estão a investigá-la por branqueamento de fundos. Ninguém sabe quantas contas Arafat tem. Quantos milhares de milhões.

Lama, lama.

À porta da Muqata, esperamos quem entra e quem sai, ouvimos quem fala, anotamos o que há. É o jogo do gato e do rato, uma passerele. Agora a envelhecida musa de uma envelhecida Palestina, laica, sofisticada. Agora o inexistente primeiro-ministro, à saída do conselho de ministros. Usam os mesmos eufemismos: a senhora Arafat foi *infeliz*.

Vejo-me a tirar notas incessantes. Tu escreves o que vais usar. O teu filtro é imediato.

E à tarde levas-me a um político da Fatah, um daqueles palestinianos com casacos dos anos 70 e gravatas de *nylon*, a fumar de cotovelos apoiados na secretária, como se o destino do seu dia fosse receber-nos. Vi dezenas destes gabinetes, todos com maus acabamentos, todos com um Arafat oficial e as cores da Palestina na parede, todos com uma televisão em direto na Al Jazeera, muitas cadeiras para os visitantes, mesinhas para os cafés dos visitantes, e nenhum computador, nenhuma pilha de papéis, nenhum sinal de trabalho solitário.

Mas cada homem é um homem, ainda que os casacos pareçam iguais. Este tornou-se prisioneiro de Israel aos 20 anos. Passou a juventude na cadeia. Que sei eu?

Há dez mil palestinianos nas cadeias israelitas e o homem em quem acreditam, eles e os palestinianos em geral, chama-se Marwan Barghouti, primo distante do médico com quem estive ontem. A popularidade de Marwan apaga qualquer outro. Líderes do Hamas ou aspirantes da Fatah são formigas nas sondagens.

A diferença é que Marwan foi dentro — cinco penas capitais — e os outros estão cá fora.

O futuro será das formigas.

Que fazemos nessa noite? Nenhuma memória. Certamente estarei a escrever para o jornal, aproveitando a hora a menos em Barcelona.

Jerusalém

Terça-feira. Passo o dia no Muro das Lamentações, a conversar com judeus sobre o destino de Arafat. Pouco adiante prepara-se a festa de Lailat-al-Qadr, a noite em que o Corão foi revelado a Maomé, creem os muçulmanos. E finalmente vou ao teu encontro, porque combinámos jantar num daqueles casarões com jardim que ainda restam em Jerusalém Oriental.

É nessa noite que pedes *arak* porque nunca provei e então provo e detesto? Tenho essa imagem. Depois vejo-nos a flutuar por ruas cheias de gente. O Ramadão é uma espécie de Natal noctívago, luzinhas, música, comida. Quebrado o jejum, sai tudo à rua. Às onze e meia, a rua que desce para a Cidade Velha está entupida de carros. Os passeios não se veem, de tanta gente.

Descemos, levados por esse calor.

Antes dos degraus para a Porta de Damasco vemos uma multidão de rapazes, centenas. Estão a rebentar foguetes de festa e de repente voam pedras. Seguimos o movimento no céu: lá ao fundo há uma barreira israelita com armas e bastões. Quando os polícias avançam, os rapazes disparam em várias direcções, por cima de muros, para dentro de becos e portas. Alguns desembocam noutra barreira, são detidos, outros continuam a lançar pedras. Toda a gente corre e nós também.

Intifada na noite da revelação.

Entretanto o primeiro-ministro palestiniano voltou do seu raide a Paris e anuncia que Arafat vai ser enterrado na Muqata. Eis o que palestinianos, israelitas e egípcios estiveram a cozinhar durante o dia. Israel queria Gaza ou — melhor ainda — outro país. Os palestinianos queriam Jerusalém. Ganhou Ramallah.

A única coisa espantosa é que Arafat continua oficialmente vivo.

Ramallah

Portanto, não sabemos quando, mas já sabemos onde. E na manhã seguinte arrancamos para Ramallah bem cedo.
Daqui a nada será difícil encontrar alojamento. Reservamos dois quartos num hotel semiacabado, ficam baratos. Cada um vai pousar as suas coisas, e do momento seguinte tenho uma imagem: despacho-me primeiro, vou ter contigo, vejo a pequena mala aberta, uma garrafa de *whisky* lá dentro.
Deves ter seguido o meu olhar, porque dizes algo como:
— É difícil arranjar *whisky* aqui.
Mas o que domina a imagem é a tua solidão. Tu, de pé no meio do quarto, um pouco curvado, com uma mala de coisas essenciais, e uma delas é uma garrafa de *whisky*.
Talvez porque só bebo vinho, talvez porque não bebo sozinha.

Na Muqata vai um acampamento. As televisões reservaram telhados e terraços e uma massa de jornalistas não arreda. Toda a gente de 2002 parece estar cá, as estrelas da Magnum e os franco-atiradores, os lacónicos e os prolixos, os neuróticos e os implacáveis, olhos de aço, a varrer tudo.

Cumprimento aqui e ali, volto para onde estás. Até que ouço chamar o meu nome. Um braço levantado na multidão, uma cabeça quase árabe: é o primeiro repórter que conheci no Médio Oriente. Vem a abrir caminho como se fosse urgente. Conversamos enquanto ele enrola um cigarro, longos dedos hipnóticos, um anel de prata. Sabe que fui ao Iraque no ano passado.

— Como sabes?

— Tenho as minhas fontes.

Mais que enigmático, furtivo. Conhecemo-nos em 2002, no Jerusalem Hotel. Eu trazia o *Quarteto de Alexandria* e ele conhecia as personagens como velhos amigos. Quando chegaram rumores de um massacre em Jenin viajámos para o norte da Cisjordânia, horas de recuos e desvios até furar o cerco. Um professor de matemática abrigou-nos durante a noite. Os tanques estavam a sair do campo de refugiados. Quando de manhã entrámos havia uma clareira de ruínas, podíamos ver os cadáveres e quem começava a emergir, gritando por eles. Não voltámos juntos a Jerusalém e só em Barcelona li o que escreveu. Mandei-lhe um *e-mail* a dizer que era o melhor que lera. Nunca me respondeu e agora fala como se finalmente nos encontrássemos. Mais que caloroso, desconcertante.

Porque estou a contar isto? Talvez porque, ao contrário de ti, ele era o meu género. Chamo-te para vos apresentar mas o diálogo cai rapidamente, e eu mantenho-me a teu lado.

O coma de Arafat foi declarado irreversível. Anuncia-
-se uma cerimónia no Cairo, antes do enterro em
Ramallah. Um buldôzer e três escavadoras abrem
caminho para dentro da Muqata. Vão preparar a se-
pultura.
   Estudantes universitários chegam de uma cami-
nhada de quatro quilómetros e três *checkpoints*. Contam que os soldados lhes atiraram gás lacrimogéneo
e balas de borracha. Trazem bandeiras com a cara de
Arafat, a quem chamam pai. Arafat parece estampa-
do por toda a parte. Um estudante anda com ele na
t-shirt. A legenda é: «Uma montanha não se move com
o vento.»
   — Os israelitas são o vento — diz ele.

Vamos ao conservatório de Ramallah conversar com
músicos. Paro diante de um rapaz com um ninho de
corvos na cabeça, sorriso largo, covinhas, a reencar-
nação de Tim Buckley. Esteve num ateliê em Sevilha
com a orquestra israelo-árabe de Daniel Barenboim.
Ainda não decidiu entre contrabaixo e piano, jazz e
clássica, portanto vai tocando tudo. E o pátio está
cheio de sopros, cordas, Bach, Beethoven, vida paralela à morte.

Sempre mais rápido e conciso, esperas que eu acabe de
escrever. São 11 da noite, talvez mais, quando saímos à
procura de um restaurante. Numa das ruas que descem
da praça ainda há luzes, uma esplanada quase deserta.
Sentamo-nos a cear pão, chá e azeitonas, e de repente
estamos muito perto. Falamos sobre a nossa primeira

vez no Médio Oriente. A tua foi no Cairo, a minha em Alexandria. Escrevo um nome num *post-it*.
— Podes encontrá-lo transcrito assim, Kavafis, mas também assim, Cavafy ou Cavafys. O velho poeta da cidade.
Há o prazer, libertador como um álcool, de quem termina um estado de alerta. Mas em vez de evaporar a energia concentra-se. Uma espécie de intimidade.

Na manhã seguinte acordo com o telefone.
Salto da cama, bato à tua porta e quando estou a voltar para o meu quarto tu abres, de *t-shirt*, calções e sem óculos, a franzir os olhos.
— Morreu — digo, parada, com o meu pijama de flanela aos quadrados.
Meses depois contaste que tinhas passado a noite às voltas porque eu dormia no quarto em frente.
E ali estava eu, despenteada e descalça, a olhar para ti como se fôssemos primos num sótão da infância e não existisse o sexo.
Sexo, que ideia.

Vai ser um longo dia.
Às nove da manhã sobem colunas de fumo negro sobre Ramallah, pneus a arder para anunciar a morte. O céu vibra ao som dos *muezzin* em oração. Na praça principal juntam-se centenas de pessoas. Carregam ramos de oliveira e folhas com a cara de Arafat. Gritam o seu nome de guerra (*Abu Ammar! Abu Ammar!*), batem palmas. Muitas trazem ao pescoço cachecóis com as cores da Palestina, algumas choram.

Todas as lojas estão fechadas. As bandeiras negras multiplicam-se. Militantes encapuçados irrompem pela multidão, disparam para o ar, honrando o morto. Vamos a um campo de refugiados, conhecemos uma mulher que perdeu o filho e chora Arafat. Vamos a casa do rapaz do Conservatório, conhecemos o pai, um poeta esquerdista que chora «por Arafat e por nós». Passa da meia-noite quando finalmente vamos à procura de algo para cear, depois de mais uma vez esperares por mim. Os restaurantes estão todos às escuras. Resta a luz de uma pastelaria, a pôr tabuleiros no forno para o dia seguinte.
Ceamos bolinhos e tu nem protestas.

O dia seguinte será ainda mais longo, 12 de novembro, o funeral.
É a última sexta-feira do Ramadão. Desde manhã que vagas de gente caminham para a Muqata, sob um sol ardente. Casas, varandas, prédios, tudo em volta transborda, e em breve a Muqata também. Há rapazes em cima dos muros, agarrados ao arame farpado. Um carro abre espaço para uma coroa de flores e as pessoas esmagam-se umas contra as outras. Os polícias tentam desesperadamente proteger a zona VIP, que abriga juízes, diplomatas, ativistas estrangeiros e os patriarcas de todas as igrejas: arménia ortodoxa, síria ortodoxa, copta ortodoxa, grega ortodoxa, católica romana, síria católica, anglicana, luterana.
Arafat vai chegar do céu. Um mar de cabeças levantadas. Eis o helicóptero.

A multidão agita-se, corre, grita. Ouvem-se rajadas, salvas de tiros. Pisamos cartuchos vazios enquanto dezenas de homens se curvam em oração. Uma mulher soluça convulsivamente. Um homem desmaia. Passa uma maca. Quando a urna sai, teme-se o apocalipse. Milhares de mãos estendidas tentam tocar-lhe. Os imãs rezam. As mulheres choram. O ar está cheio de pólvora. Um ao lado do outro, fazemos força com os ombros para não cair, levados para trás e para diante, como uma maré.

Hummus e portáteis abertos na mesa do restaurante. A nossa última noite em Ramallah.

Sábado de manhã é para a romagem. A campa «provisória» de Arafat está entre pinheiros. Nos discursos palestinianos será sempre provisória «até um dia mudar para Jerusalém». Um dia que, sabes tu e sei eu (e alguém não sabe?), não será no próximo ano.

«No ano que vem em Jerusalém...», antigo lema judeu de exílio e esperança. Mas hoje qualquer judeu no mundo pode não apenas ir a Jerusalém como mudar-se para lá com apoio de Israel. O exílio passou a ser dos palestinianos, eles é que podem dizer, com o que restar de esperança: «No ano que vem em Jerusalém...»

Entretanto, os discursos na Muqata:

— ... eleições... reformas... de forma pragmática... estamos certos... cooperar o mais possível...

E etc. O chefe da diplomacia europeia ao lado do primeiro-ministro palestiniano.

Depois, café amargo e tâmaras, para a cerimónia de condolências. Entre os 20 líderes palestinianos em fila, está o sobrinho de Arafat, que voou de Nova Iorque (onde é líder da missão na ONU) para Paris (onde viu o tio).
Que aconteceu ao tio, afinal?
— O relatório médico é claro: não há diagnóstico de doença. Portanto há um grande ponto de interrogação quanto à causa. Temos alguma prova material? Não, e não creio que venhamos a ter num futuro próximo. Nem politicamente, nem tecnicamente poderemos chegar a conclusões finais quanto a isto.
O sobrinho de Nova Iorque promete trabalhar contra o avanço do muro e pela retirada dos colonos. Seis anos depois, o muro estará completo e os colonos serão meio milhão.

Jerusalém

Voltamos ao começo da tarde, em silêncio. Terra a passar de cada lado, nós no meio.

Como não há quartos livres no Jerusalem Hotel, instalo-me na *guest house* da catedral anglicana. Creio que entretanto vais a Telavive para jantar com o correspondente do teu jornal, porque estou a escrever sozinha no jardim quando aparece a Grande Borboleta do Médio Oriente. O mesmo lenço enrolado ao pescoço, os mesmos caracóis cor de palha, o mesmo sorriso fino de *joker*. Vem por trás, tapa-me os olhos e quando volto a cabeça já estou nos braços dele. Um profissional.

A última vez que falámos foi em Bagdad, maio de 2003. Eu estava a fazer uma entrevista sobre valas comuns quando, pelo canto do olho, vi a minha borboleta sentar-se à mesa, a sorrir. E depois da entrevista:
— Jantamos?
— Pois, um dia destes.
— Estás onde?
— No hotel X.
— Eu estou no Y.
E patati, patatá.
Não jantámos e nunca mais o vi. Até agora.

Sim, está neste hotel, a vida corre bem, ganhou um World Press Photo com uma foto do Iraque, e claro, tem fotos incríveis do funeral de Arafat. Dou-lhe cinco minutos («bem vês, estou em *dead line*») e quando desaparece fujo para o meu quarto.

Uma hora depois batem à porta. Léon?, penso, levantando os olhos do ecrã. Abro e é a borboleta com um jarro de limonada. Quantos recursos.

Ainda mal conheço Telavive, devia ter ido contigo.

O meu quarto na *guest house* era o último. De manhã reinstalas-te do outro lado da rua, no Meridian, que os incautos confundem com o Méridien. Depois caminhamos ao encontro de David Grossman, primeira de várias conversas ao longo dos anos, além dos livros.

Lá está ele, um Woody Allen com as sardas e sem a paródia, no átrio do YMCA. A torre do YMCA é um bastião da Cidade Nova. Quando me mudar para Jerusalém, hei de vir muitas vezes da Cidade Velha a pé, vendo aquela torre de banda desenhada furar o céu. Mas neste momento a Cidade Nova ainda é um conjunto de pontos por unir. Conheço os lugares, não o caminho entre eles, o que fica logo atrás ou por baixo.

Jerusalém não tem nada de geométrico, é toda orgânica, com amálgamas sobrepovoadas entre vales, baldios e vazios. Expandiu-se por contrações.

À tarde trabalhamos no jardim da minha *guest house*. Tu fumas uma cigarrilha, eu leio notas. Tenho uma velha blusa com um decote de veludo. Quando levanto os olhos, estás fixado no veludo.

Então levantas os olhos e dizes, lívido:

— É bonita, essa blusa.

O momento passa. Não fico a interrogar a tua melancolia. Não penso que seja porque estás quase a ir embora. Mas como estás quase a ir embora, vamos fazer um raide a Gaza amanhã, e é disso que quero falar. Temos de telefonar àquela portuguesa que conhecemos no funeral de Arafat. Ela trabalha para um jornal em Lisboa, quer ir a Gaza, combinámos dividir despesas. Sais do teu torpor, um pouco relutante. Telefonamos, marcamos uma hora, seis da manhã.

Seis da manhã em novembro é escuro.

O táxi apanha-nos, vamos apanhar a portuguesa. Uma hora até Erez, o *checkpoint* da fronteira com Gaza, lugar mutante, cada vez menos vulnerável. Em 2004 ainda tem soldados à vista, torres de vigia, arame farpado, longos corredores sujos com vento a assobiar e portões de ferro que podem ficar fechados durante horas. Sinistro, demorado, humilhante.

Primeiro entregamos os documentos aos soldados no guichê, neste caso mulheres-soldado com caderninhos *kitsch* em cima da mesa, a mascarem pastilha elástica, como se viessem do liceu. E vêm.
Segue-se uma espera até tudo ser verificado. É então que fico a saber algo mais sobre ti. Estamos os três sentados diante dos guichês, eu ao lado da portuguesa, tu em frente. A portuguesa faz as perguntas clássicas dos estranhos. Que idade temos: eu, 36, tu, 45. Se temos filhos: eu, não, tu, três.
Olhas para mim. Eu olho-te incrédula:
— Três filhos? De que idade?
— 19, 14 e oito.
A pergunta vem da portuguesa mas a conversa é entre nós.
Certo, nunca falámos do nosso quotidiano, mas eu não tenho três filhos.

Foi então que reparei na tua aliança? É mais provável que tenha sido nos primeiros dias. Tenho uma vaga ideia de estarmos no jardim do hotel, agarrares uma chávena e eu ver um brilho de ouro. Ou não retive essa informação, ou incorporei-a de forma inconsciente, consolidando a nossa atmosfera de camaradas. Mas isto são voltas de cabeça que só dei mais tarde. Aqui não há dúvida nem necessidade.

Gaza

Passamos o dia entre a Cidade de Gaza e o campo de refugiados de Jabaliya. Fervilham de crianças, velhos e desempregados; carros amolgados, mercados e burros; pó, esgoto e cimento à vista; casas demolidas, casas cheias de balas. E como apesar de tudo Gaza é luminosa. Clarões escarlate que são buganvílias. Pontos de vermelho e violeta que são acácias, jacarandás. Lances de azul que são o mar. Há sempre gente na praia, pescadores, rapazes, crianças, apanham-se camarões, comem-se goiabas.

Não me lembro de descer uma das ruas até ao Mediterrâneo sem pensar como este lugar teria tudo se fosse livre. Foi um oásis de caravanas. Está na Bíblia, na arqueologia. Gaza quer dizer Tesouro.

E no fim da marginal sobrevive o Al Deira, com os seus arcos em ogiva, os seus quartos de abóbadas e mosaicos, a sua esplanada sobre a praia. Ilusão de um palácio que nunca perde a cor, rosa-velho debruado a branco.

Quem não tem dinheiro para o Al Deira hospeda-se na Marna House, onde agora vamos comer.

O porta-voz do Hamas, Sami Abu Zuhri, vai ter connosco ao jardim para uma entrevista. É um homem pequeno, cordato, um pouco atarracado. Não nos conhece, portanto prefere um sítio público. A primeira coisa que faz é desmontar o telemóvel para não ser localizado do céu.

Há o risco de lhe acertarem com um míssil, aquilo a que Israel chama assassínio seletivo. Os jornalistas em volta iriam de boleia, a chamada baixa colateral.

No *checkpoint* de Erez, as ordens demoram sempre mais à saída. Ou seja, para entrar em Israel.
— Pare!
— Abra o saco!
— Volte atrás!
— Avance!

Quem ordena é um soldado invisível que não terá mais de 20 anos. E nós somos os privilegiados, aqueles que partem e voltam porque querem. Não temos de levantar a camisa para provar que não vamos explodir. Não precisamos de uma paragem cardíaca para sair daqui. A nossa vida não pertence a um garoto com um altifalante.

Jerusalém

Quando chegamos é noite. Deixamos a nossa parceira portuguesa no hotel e depois dizes:
— Por um momento receei que a convidasses para jantar.

— Estava a pensar convidar-te a ti.
— Eu pensei o mesmo.
— Eu pensei num lugar.
— Que lugar?
— O Paradiso. Sabes onde é?
— O paraíso? Vais levar-me lá?

O meu restaurante favorito em Jerusalém Ocidental. Tento ver-nos. Estamos sentados a um canto da esplanada, um sopro faz tremer a vela, os teus olhos acendem. Contas que uma vez dormiste num apartamento tenebroso aqui perto, em Rehavia, o bairro de Ben Gurion e de cada primeiro-ministro. Foi durante os primeiros tempos de correspondente no Cairo, quando ainda vivias sozinho num hotel.
— Depois mudámos para uma casa à beira do Nilo.

Pela primeira vez falas no plural, és tu, a tua mulher e os teus filhos. Mas não falas da tua mulher. Apenas dizes que é cantora lírica quando pergunto o que faz.

Falas dos teus filhos, sim.
— São o melhor da minha vida.

E nisto vai todo o amor que há e o que falta. Não gostava que o pai dos meus filhos falasse assim, como se o melhor não me incluísse. Mas também penso que não tenho filhos.

Falo-te da minha praça com magnólias na Gràcia, por onde só andaste uma vez. Lembras-te das persianas caídas sobre os varandins, tens imagens vagas, não conheces Barcelona assim tão bem.

— Blau é um apelido catalão?
— Vem do meu bisavô, que no começo do século xx foi de Budapeste para Barcelona. Chamava-se Sándor Blau e era anarquista. Blau quer dizer azul em catalão, mas é um nome judeu do centro da Europa.
— Ah, uma costela judia.
— Uma de várias. Em Barcelona, se nos pomos a escavar, saem costelas cubanas, berberes, filipinas. Além disso a minha avó era basca. Por causa dela é que sou Ana só com um «n», ao contrário das catalãs. E tu?
Fazemos as perguntas dos estranhos sem nunca termos sido estranhos. Há dois diálogos a acontecer ao mesmo tempo. As palavras são as de quem não sabe o suficiente, o silêncio é o de quem sabe demasiado. A nossa intimidade fica a pairar, como se não soubesse para onde ir.

É então aqui que tudo começa? Não. Vais partir, gostava que ficasses, mas estou contente por ficar eu.

Último dia juntos. Como só apanhas um *sherut* à tarde, propões passarmos a manhã na Cidade Velha de Jerusalém, o teu lugar favorito no mundo.
— Conheces o Austrian Hospice?
— Não. É o quê?
— Já vais ver.
Descemos à Porta de Damasco e entramos em cotovelo, esquerda, direita, como é próprio das fortalezas: DVD, peúgas e telemóveis do Dubai, o cheiro quente do falafel e o cheiro fresco da hortelã, pirâmi-

des de legumes roxos, amarelos e vermelhos, folhas de videira à espera de serem recheadas, bacias com queijo artesanal, e a partir daqui todos os caminhos se bifurcam. Podemos desaparecer para sempre ao dobrar uma esquina ou no fim de uma escada.
Subterrânea, aérea, tortuosa, abrupta, a Cidade Velha parece feita para gente arrancada do mundo. Os crentes devoram-lhe as entranhas em busca do próprio rosto, e chamam a isso arqueologia. Depois hasteiam bandeiras no cume, como piratas. *Squatters* de uma história ocupada.

Paras depois de um muro alto, na esquina da Via Dolorosa. Sobes uns degraus, tocas à campainha. É uma porta grande de madeira cor de mel. Nunca tinha reparado nela.
Um clique. Alguém abre.
Empurras, entramos, a porta fecha-se. Logo em frente há outra, de ferro.
Um clique. Alguém abre.
Escadas à esquerda e à direita, confluentes. Subimos pela direita e emergimos num jardim com palmeiras, esplanada, mini-escadas em caracol que levam a pequenos nichos.
— Para leres o teu Kavafis — apontas.
E, voltando costas ao jardim, uma grande casa europeia do século xix, com um átrio reluzente onde se podia fazer um baile: o Austrian Hospice.
Nas cidades velhas do mundo muçulmano, em Damasco como em Jerusalém, o espaço público é estreito, anguloso, labiríntico. Preservando a

intimidade, as janelas dão para pátios interiores e evita-se que as portas das casas fiquem frente-a-
-frente. Em todas estas cidades, portas e muros escondem palácios, caravançarais, mesquitas, escolas. Mas em nenhuma outra Oriente e Ocidente competem tanto. Para estar o mais perto possível da Via Dolorosa, as igrejas cristãs ocidentais foram erguendo conventos, hospedarias, escolas e hospitais. E aqui é só o Bairro Muçulmano. Ainda há o Bairro Judeu, o Bairro Cristão (dominado pelos ortodoxos), o Bairro Arménio (também cristão). O que cabe num quilómetro quadrado quando os homens acreditam que nele nasceu o Templo, Cristo carregou a cruz e Maomé ascendeu ao céu.

Atravessamos o átrio, viramos à esquerda, ao fundo a cafetaria: *apfelstrudel* quente com natas. Voltamos ao átrio, subimos. Placas com nomes de mecenas. Estantes com jornais de há cem anos. O salão do piano com frescos nas paredes e cadeiras de espaldar pintado. Depois, no segundo andar a escada prossegue ao ar livre. Levas-me como se fosse a tua casa na árvore.

— Era isto que te queria mostrar — dizes.

Não há mais ninguém no telhado. A Cúpula do Rochedo brilha junto ao Muro das Lamentações, ao longe o Monte das Oliveiras, e toda a Cidade Velha está a nossos pés, com as suas cicatrizes e os seus curativos — cruzes, minaretes, bandeiras, arame farpado.

Um estendal no céu.

Estrelas de David marcam a posse das casas. Uma delas foi tomada por um homem que agora

é primeiro-ministro e daqui a um ano entrará em coma, Ariel Sharon.
 Ficamos parados, a saltar de telhado em telhado com os olhos.
 Aqui voltarei, e voltarei, e de cada vez será difícil descer.
 Descemos. Escada, átrio, jardim, escada. Quando a última porta se abre, juntamo-nos à caravana de gente, a caminho do Bairro Cristão.
 Igreja do Santo Sepulcro. A primeira coisa que os crentes veem é a pedra onde Cristo foi pousado. E quem vai reparar naquele homem sentado num banco, à entrada?
 Mas tu apresentas-mo e ele apresenta-me o seu cartão:

> WAJEEH Y. NUSEIBEH
> Custodian and Door-Keeper
> of the Church of the Holy Sepulchre
>
> Tel. Resid 02/XXXXXXX
> Church 052992524   Jerusalem

Ainda o tenho, entre taxistas, hotéis, restaurantes, ministros, obstetras, diplomatas, deputados, jornalistas, advogados, cirurgiões, livreiros, fotógrafos, joalheiros, reverendos, presidentes de câmara, terapeutas musicais, professores universitários, assessores de imprensa, especialistas em direitos humanos, realizadores de cinema de animação, ativistas de ONG, *general contractors* ou *project managers* — a Palestina profissional, com cartão.

Mas nenhum tão irrepetível em qualquer outro lugar do mundo como o do guardador do Santo Sepulcro, que desde o século VII é sempre um Nuseibeh.

O teu amigo faz parte do Status Quo.

Correu a dita Idade das Trevas, veio a Renascença e vieram as Luzes, fizeram-se impérios, revoluções, guerras, até a democracia, mas no Santo Sepulcro continua a bruxuleante noite dos tempos, impregnada de óleo, incenso e humidade. E na penumbra, como sombras, os monges de cada patriarca vigiam-se ferozmente. Católicos, arménios, coptas, gregos, siríacos, etíopes, todos têm a sua parte no acordo territorial que rege cada porta, cada cova, cada polegada. De vez em quando, porque um deles move o pé ou a cadeira, atiram-se uns aos outros como gangues dos subúrbios, e alguns vão para o hospital.

Cá estão, com os seus mantos, as suas cordas, enquanto damos a volta, descemos e subimos, em sussurro.

Não é a primeira vez que venho, mas nunca vi o que se vai seguir. Saímos para o pátio, entramos por uma porta de madeira e subitamente estamos numa pobreza africana, de teto baixo e madeira tosca, com ícones quase infantis e uma escada para o telhado do Santo Sepulcro. Lá em cima, sentados numa cadeira, vivem os monges etíopes. Aqui está um, de saias negras, barrete negro, óculos espessos, terço na mão.

Somos como intrusos no quarto dele, e só por acaso estamos sozinhos. Cristãos de todo o mundo vêm, sobem, caminham neste telhado. Parece uma violência, mas talvez seja tudo o que o monge etíope tem para dar e receber. A sua parte de anfitrião afirma como também ele é parte do Santo Sepulcro. Que vê, ali sentado? Que vê do mundo, de nós e de cada um, ano após ano?
Nenhum ateu conseguirá alcançar a visão do crente, porque pensa nela como um estado febril.

Subimos a rua dos fotógrafos. Quase em frente às lojas deles tens um velho amigo que vende antiguidades e bricabraque, ou vendia. A Segunda Intifada paralisou-o, à semelhança de quase todos os mercadores na Cidade Velha. Os turistas desapareceram. Os palestinianos vivem bloqueados em *checkpoints*. Jerusalém tornou-se quase inacessível para quem não tem Bilhete de Identidade Azul. O teu velho amigo vive na Cisjordânia, tem Bilhete de Identidade Verde e começou a ter dificuldades para chegar aqui.
É isso que agora vemos, uma porta de ferro corrida até ao chão.
Assim estará de cada vez que eu voltar. Nunca conhecerei o teu velho amigo. Mas ao longo dos anos, de vez em quando, vai telefonar-te da aldeia.
— Léon, vem visitar-me.
Sempre achaste que a verdadeira natureza dele não é vender, é colecionar. Cada peça que lhe compravas era um desgosto.

Seguimos pela rua do Patriarcado Latino. Escrevo de memória, como se fosse de olhos fechados. Levas-me a um restaurante do lado direito, o Nafoura. Sentamo-nos na esplanada. Flores, uma fonte, muros altos e só nós.
É a primeira vez, mas julgamos que é a última.

As ruas do Bairro Judeu estão quase desertas. Só meninos de *kipah* e *pull over* a jogarem à bola pelas escadinhas, o eco das vozes entre as abóbadas. Como será crescer com todo este peso? Contam-lhes que lá em baixo está o Templo de Salomão e que o Messias virá um dia?
Vejo-nos a descer caminhos de pedra dourada. Parece um fim de verão. Estou de manga curta, com um lenço vermelho ao pescoço, a tirar fotografias que se hão de perder quando me roubarem o computador.
E nem uma de ti ou de nós. Não me ocorre, sequer.

Na imagem seguinte, esperamos à porta do Jerusalem Hotel que o teu *sherut* chegue. Fumas em silêncio, estático, pálido.
Digo algo como:
— Então...?
Tu dizes algo como:
— Parece-me impossível não te ver mais.
O *sherut* chega. Entras com a mala, a porta desliza, vejo a tua cara na janela. No minuto seguinte a rua está deserta.

Telefono ao taxista que leva gente aos colonatos de Gaza, e combinamos para amanhã cedo. Passo o resto da tarde a escrever, até ser noite. Passas a noite a voar.

Oito da manhã. Moshe, o taxista, ouve Mahler no seu táxi-bólide. Está em contacto com Debbie, uma das colonas. Quando alguém telefona a Debbie para visitar os colonatos, ela dá o telefone de Moshe. Foi assim comigo, e aqui vou, no banco de trás, a ver Gaza aproximar-se de uma outra perspetiva.

Para chegar aos colonatos não se entra pelo *checkpoint* de Erez.

Os colonos têm o seu próprio acesso: uma passagem protegida de um lado e do outro com arame farpado, depois muros de oito metros, e novamente arame farpado. À esquerda e à direita são baldios e casas palestinianas destruídas pelo exército israelita para afastar ameaças.

— Mesmo assim eles disparam — diz Moshe, referindo-se aos palestinianos.

E portanto acelera.

Implantar colonos requer casas, escolas, creches, clínicas, sinagogas, centros de idosos, estradas, transportes, condutas de água, postes de eletricidade, fios telefónicos, estufas, hortas, pomares, animais, e milhares de soldados para manter, vigiar e defender tudo isto.

Depois das intifadas, cada vez mais israelitas foram achando que tudo isto prejudica Israel. Para uns, é sobretudo uma questão de desperdício: de recursos, energia e vidas. Para outros, é sobretudo uma questão moral: as bases da existência do estado judaico e a consciência de cada um.

O general Sharon, ele mesmo um arquiteto da ocupação, percebeu que alguma coisa tinha de mudar para que tudo ficasse na mesma, e no começo deste ano anunciou que ia retirar os colonos de Gaza. Simbolicamente parecia gigantesco mas na prática era um piscar de olhos. Gaza tinha oito mil colonos em casinhas, numa faixa de terra com um milhão e meio de palestinianos. Os custos económicos e políticos de manter esta situação eram altos, e os custos económicos e políticos de acabar com ela eram ínfimos. Valia a pena largar Gaza para ficar com o resto, porque o resto era toda a Cisjordânia e Jerusalém Oriental, quase meio milhão de colonos em prédios altos que são autênticas cidades. Claro que o partido de Sharon, o Likud, ia ser contra, e os colonos de Gaza iam literalmente espernear, mas esse drama ficaria incorporado na mitologia nacional como a imagem vívida dos sacrifícios que Israel estava disposto a fazer pela paz. Seria então o mundo a exigir dos palestinianos que dessem eles um passo.

É exatamente isso que irá acontecer.

Entretanto, estamos a meses da retirada de Gaza e os colonos já começaram a espernear.

Gaza

Parece um folheto de férias para reformados ou famílias numerosas: casinhas com jardim, relvados e palmeiras, dunas e mar. Mas umas férias permanentes, com todo o comércio e serviços, incluindo câmara municipal, porque estamos em Neve Deqalim, «capital» dos colonatos de Gush Katif, no sul da Faixa de Gaza. Ao todo, de norte a sul, há 21 colonatos, geralmente com acesso à praia. Além de controlar todo o mar, Israel usufrui do melhor litoral.

E fê-lo florir, como dirá qualquer colono orgulhoso, por exemplo Debbie com a sua boina preta, mãe de seis filhos, quando me oferecer chá com hortelã das estufas de agricultura biológica.

Há quem trabalhe a terra e quem pesque, quem crie perus e quem estude a Torah, quem seja enfermeiro e quem dê aulas, quem trabalhe nos correios e quem trabalhe fora. Há autocarros, vários por dia. Israel faz bem as coisas.

Alguns colonos estão aqui desde os anos 70. Acreditaram que isto era para sempre. Foi o que lhes disseram. Carne para canhão.

E na câmara municipal de Neve Deqalim vão receber agora a solidariedade de 12 cristãos batistas da Igreja de Windsor Hills, Oklahoma, Estados Unidos da América.

Vejo-os subirem as escadas, com bonés e *t-shirts* que dizem «Amigos de Israel — Israel pertence aos judeus», liderados pelo pastor Jim Vineyard. O pastor compõe e o rebanho canta:

Nem uma polegada de terra
Deus deu-a ao meu amigo
Não se preocupem com os problemas que vos ameaçam

Porque a vitória do Senhor vão ganhar
Vós sois a maçã dos olhos de Deus
Que os palestinianos venham e tentem.

O pastor Jim escreveu um livro chamado *Cristãos, Terroristas Islâmicos e Israel*. Também escreveu a Bush e a Sharon, porque acha que Sharon se tornou um cordeiro e Bush não tem estômago para dizer aos árabes que o Deus deles é falso. É preciso ter estômago porque estamos na Terceira Guerra Mundial contra os Islamistas, crê o pastor Jim.
Os colonos cantam com ele, batem palmas, exultam. O presidente da câmara, careca, de bigode e *kipah*, emociona-se. É filho de judeus da Transilvânia, toda uma herança de frio, medo e morte. E aqui está, na terra que lhe prometeram.

Jerusalém

Moshe traz-me de volta ao começo da tarde.
Vai vagar um quarto maior no Jerusalem Hotel. Espero com a bagagem no átrio do primeiro andar quando surge a cabeça quase árabe do repórter que ao contrário de ti era o meu género. Volta hoje à noite a Londres. O quarto que vai vagar é o dele. Senta-se, enrola um cigarro, conta-me que se separou, como se alguma vez me tivesse contado que vivia com alguém. Depois mostra-me a fotografia da filha, loura, linda. Volta a ser caloroso de uma forma quase urgente.

— Quando fores a Londres telefona-me, ok?
— Ok.
Despedimo-nos.
Até hoje.

É o meu quarto favorito, com uma varanda e a secretária junto à janela. Instalo-me a escrever a história dos colonos. Já se fez escuro e chove quando o telemóvel apita com uma mensagem. Algo como: «Três graus em Bruxelas. Penso em ti, claro.»
 Estou parada, dentro de um cone de luz, com o telefone na mão. Ao fim de tantos dias regressar devia ocupar-te. Uma mensagem na primeira noite em que estás em casa?
 Então, pela primeira vez, penso em ti. Não tu em reportagem comigo; não tu em Jerusalém, Ramallah ou Gaza; mas em quem serás. A pessoa que ainda ontem estava aqui já não é a pessoa que ainda ontem estava aqui. És uma pessoa lá longe, autónoma, intrigante.
 E a tua mensagem é o começo de uma correspondência.

Gaza

Ao nascer do dia volto a Gaza. Quero ir ao sul, mas desta vez ao lado palestiniano, às casas que ontem avistei dos colonatos. Passo o *checkpoint* e Rashid, um *fixer*, está à minha espera.
 Os *fixers* são toda uma categoria. Sabem do que está a acontecer, têm contactos, arranjam entrevistas,

traduzem. Vivem do que as televisões, os grandes jornais ou os japoneses lhes pagam. Deram-me o número de Rashid dizendo que ele era o melhor. Para mim vai ser um luxo, para ele um extra.

Não nos conhecemos, mas não há mais nenhuma mulher a sair do *checkpoint* esta manhã. Ainda venho a andar e já ele acena ao longe.

Tem algo de latino num filme de Hollywood, cabelo rapado, olhos negros, inglês com sotaque. Apanhamos um táxi até à Cidade de Gaza para depois seguirmos para Rafah, junto à fronteira com o Egito. Serão apenas 40 quilómetros para sul, mas isso pode querer dizer uma ou várias horas, dependendo do controle israelita.

Choveu parte da noite, as ruas estão alagadas. Os rapazes saltam de chinelas e calças arregaçadas. As mulheres agarram as saias e os filhos. Há crianças de pés nus e de galochas.

— Rafah! Rafah! Rafah!

Numa esquina da praça, todos os táxis são carrinhas Mercedes amolgadas, com bocados de espuma a sair do estofo, já sem manivela para os vidros. Os condutores anunciam a corrida como se o movimento fosse incessante mas esperamos sentados que o primeiro táxi enfim encha.

E então arrancamos para um cenário apocalítico.

A estrada ao longo do mar só se pode fazer até à zona dos primeiros colonatos. Aí, os palestinianos têm de infletir para a esquerda e apanhar a estrada interior. Como não para de chover, o piso é mau e não há escoamento, em breve os carros avançam meio submersos.

Passa lixo a boiar e a cara de Arafat nas traseiras de uma carrinha. Caudais de lama caem dos telhados. A água começa a subir entre os nossos pés. Apertados uns contra os outros, mantemos os pés no ar. Mas não há ninguém exasperado, nem eu. Tudo parece nítido e próximo. Estou como encantada no dilúvio.

Enquanto navegamos, Rashid fala-me de amor. Conheceu uma alemã cá e ela está à espera dele lá. Querem casar mas os papéis não são fáceis. Vão achar que ele quer sair de Gaza. Quer, claro. No lugar dele eu também queria. Um amor é sempre a sua circunstância. Rashid é ele e Gaza, a alemã é ela e o mundo. Cada um saberá o que vê no outro e sobre isso mais ninguém sabe nada.

Abu Holi, o *checkpoint* central de Gaza. É aqui que a estrada dos colonos sobe em viaduto por cima da estrada dos palestinianos. Ontem eu estava lá em cima, com Moshe a acelerar, hoje estou cá em baixo, encalhada. Dependendo da situação — deslocação de tropas ou de colonos, ataques palestinianos, buscas ou exercícios —, os israelitas podem manter toda a gente aqui durante horas.

Calha que agora não. Começamos a vogar lentamente e em breve surgem os telhados inacabados, sempre prontos a receber o próximo filho, de Khan Yunis, a terra do meio. Quando chegamos a Rafah são dez e meia da manhã, ou seja demorámos só hora e meia a fazer os 40 quilómetros.

— Nada mau — diz Rashid.

O meu telefone apita com boas-vindas enviadas já do teu telefone pessoal, como se estivesses a acompanhar tudo. Anoto o número no meu caderno, entre o retrato de tudo à volta.

Continua a chover. Há garotos debaixo de placas de zinco, velhos encostados a telheiros, carros naufragados. Passamos um mural colorido com um tigre, um macaco, uma zebra, uma girafa. Quatro meses antes era o jardim zoológico, explica Rashid. Na última incursão israelita transformou-se em baixa colateral. Houve animais mortos, outros roubados e os restantes fugiram.

— Seis tigres foram vistos junto à fronteira com o Egito.

Quantos aos humanos, como já não havia lugar no hospital, guardaram-se cadáveres nos frigoríficos das estufas. Porque também há estufas aqui, embora não haja dunas nem mar. Numa faixa litoral tão estreita, não sobrou uma nesga de praia para os palestinianos de Rafah. Tudo isto são as traseiras das casinhas que visitei ontem.

Estamos no fundo da Faixa de Gaza. Do lado de lá está a Rafah egípcia. Nos primeiros tempos depois da ocupação israelita, quando a cidade foi dividida, as pessoas ainda se avistavam através do arame farpado. Agora há uma larga terra de ninguém.

Sem saída, cercados por terra e mar, muitos rapazes de Rafah cavam túneis. Além de músculos precisam de nervo. É escuro, claustrofóbico, falta o ar, há perigo de desabamento. Foi o que aconteceu esta

manhã. Vemos um amontoado de homens no meio
da lama, caras torcidas de dor. Rashid aproxima-se,
pergunta. A última chuva fez cinco mortos. A terra
abateu-se sobre eles.
 Nas notícias, estes túneis parecem sempre uma
festa de traficantes de armas, como se um milhão e
meio de pessoas, dois terços crianças e adolescentes,
não estivessem aqui encurraladas. Para as famílias de
Gaza, os túneis trazem fogões a gás e geradores, leite
em pó e fraldas, pilhas elétricas e tabaco, uma econo-
mia de sobrevivência semelhante à que muitas vezes
aconteceu na Europa.
 Morre-se disso aqui, porque a vida não parece
melhor. Se o que nos espera é morrer como gado, enquanto resistirmos estamos vivos, a história continua,
e ninguém melhor do que os judeus deveria entender
isso. Os sobreviventes não são os que baixam a cabeça ou imploram. Foi em nome da força que o Estado de Israel se fundou, cortando com a natureza dos
fracos que se deixaram abater. E até hoje a obsessão
israelita com a força está na educação das crianças,
na relação entre homens e mulheres, na estratégia do
exército, no comportamento dos políticos. O Estado
de Israel jurou ser forte para que *aquilo* nunca mais
acontecesse.
 É a força que recomeça a história.

 Ao longo deste vazio entre Gaza e o Egito, as casas
são escombros com buracos de morteiros e paredes
cravejadas de balas, semidemolidas pelos israelitas.
Num bocado de parede vejo uma frase em memória

de Rachel Corrie, a voluntária americana de 23 anos que aqui morreu no ano passado, esmagada por um buldôzer quando tentava impedir uma demolição. O objetivo das demolições é afastar os palestinianos da fronteira o mais possível. Mas como Gaza é uma terra de refugiados, quase toda a gente já perdeu a sua casa pelo menos uma vez. Portanto as pessoas continuam a viver nas casas esburacadas enquanto for possível.

Última casa antes dos colonatos: nem uma parede intacta e uma das balas atravessou três paredes, 36 pessoas, entre filhos, noras e netos. Em volta de um fogareiro com chá e biscoitos falam de tudo e nada. Como estendem colchões nos quartos interiores para dormir. Como vários deles já fizeram a peregrinação a Meca. Como antes das intifadas os colonos iam a Rafah às compras e «não havia problemas».

Quando saímos parece que amanheceu. O céu está violeta, a água reluz, pousada em tudo.

Procuramos um táxi de regresso à Cidade de Gaza.

— Gaza! Gaza! Gaza! — chamam os homens, com um rodopio do braço. Agora, sim, o movimento é imparável. Esprememo-nos na carrinha, dez adultos e um recém-nascido: Rashid ao lado do condutor com os nossos sacos ao colo; eu com uma velha mãe, a filha e um rapaz no banco do meio; uma jovem mãe com o bebé e três rapazes no último banco. Sinto as costas de Rashid nos meus joelhos e não me posso encostar mais para trás.

Arrancamos.

Táxis, autocarros, carros, camiões, ambulâncias, tratores, motas, três filas compactas para lá e uma para cá.
Ainda é dia claro quando Rashid diz:
— Abu Holi.
O *checkpoint* a meio da Faixa de Gaza. E subitamente estamos parados como se fôssemos ficar ali. O condutor desliga a ignição, muita gente começa a sair dos carros, famílias passam a caminhar na berma. As palmeiras vão ficando silhuetas num céu azul cobalto, depois safira, troncos finos, copas em forma de estrela. São as imediações do imenso palmeiral de Deir-el-Balah, que já viu passar os cruzados e Saladino. Ouço a voz do *muezzin* porque é hora de rezar. Vejo homens a estenderem tapetes ao lado dos carros.
Rashid sai e volta com informações.
— Os israelitas andam à procura de alguém.
O céu já está negro, Ursa Maior a piscar. Um homem vende chá quente à janela dos carros. O rapaz no meu banco dorme. A jovem mãe dá de mamar, voltando costas aos rapazes. A velha mãe oferece biscoitos de tâmara, doces e densos.
Não tenho fome, não tenho frio, não tenho medo, não tenho pressa. É um daqueles raros momentos uníssonos que geralmente só reconhecemos mais tarde. Mas eu sei, aqui mesmo, sentada num engarrafamento no fundo da Faixa de Gaza, que tudo está completo. E é em ti que penso depois de pensar isso. Então tiro o telemóvel do bolso e mando-te uma mensagem.

Demoramos quatro horas e meia a percorrer os 40 quilómetros de Rafah à Cidade de Gaza, mas o estado de graça não se quebra.

Atravesso o *checkpoint* na escuridão, pouco antes de o controle israelita fechar, depois apanho um táxi para Jerusalém. O meu avião de volta a Barcelona vai partir às quatro da manhã. Janto no Jerusalem Hotel, para ficar na esplanada a trabalhar até ir para o aeroporto. Numa das mesas vejo Mordechai Vanunu, o «espião nuclear» israelita que acaba de sair da prisão. Está a viver em Jerusalém Oriental.

É um dia interminável e não me lembro de estar cansada.

Barcelona

Ao voltar a casa já sei: aconteceu qualquer coisa. Um júbilo, uma sensação de espaço, como quando o horizonte abre.

Mal aterro.

Ao fim de dois dias tenho de ir a Londres fazer uma entrevista coletiva combinada antes de Arafat ter entrado em coma. Entre chegar e partir, janto em casa de amigos. Quando nos levantamos da mesa, encontro uma mensagem tua: «Tenho de te ouvir. Posso ligar agora?» Algo como isto, não estou certa, as nossas primeiras centenas de mensagens não sobrevivem. De pé, telemóvel na mão, respondo algo como: «Estou num jantar, amanhã vou para Londres, liga quando quiseres.»

Londres

Victoria Station. Chego de mala na mão, o sol bate numa poça de água, guardo o telefone no bolso do sobretudo. Novembro caminha para dezembro, o que em Londres quer mesmo dizer inverno.

Vou à minha entrevista com o-melhor-actor--da-sua-geração num hotel em Hyde Park onde há mais 20 jornalistas a fazer perguntas (como se preparou?, o que aprendeu com este filme?, já conhecia a história?).

Vou à Tate Britain ver os candidatos ao Prémio Turner (a cafetaria onde Bush come hambúrgueres com cebola; a casa de Bin Laden que os visitantes podem manipular como um jogo; as siglas da ajuda humanitária projetadas sobre ruínas, CARE, HOPE, UNDP, UNHCR; o som de uma oração gravada num tribunal de Cabul a 15 de outubro de 2002; arte, em suma, contemporânea).

Vou à Tate Modern ver a instalação de som de Bruce Nauman no Turbine Hall (*it was a dark and stormy night; you may not want to be here; feed me, eat me, help me, hurt me*; o verdadeiro artista é uma assombrosa fonte luminosa).

Durante dois dias ando com o telefone no bolso e nada.

O que estou a fazer aqui, a meio da Ponte do Milénio? Quem são estas pessoas? Para onde vai aquele de bicicleta? Com quem fala aquela de tranças? O vento bate de frente. O rio é pardo.

Sim, começou. Tudo era tudo e agora tudo é nada.

Anuncia-se a doença: onde estás, afinal? É aqui que a moral se desloca, a doença desprende-a do seu lugar comum. Continuo a ver o mal disto. Como o anjo de Walter Benjamin tenho a cara voltada para trás, para o desastre que me antecede. Não posso dizer que não sei: eu vejo. Mas é para a frente que caminho. Se for amor, deixará de ser crime.

Barcelona

Ao voltar a casa, ligo o telemóvel que levei para Jerusalém. Quero apagar mensagens antes de o devolver ao jornal. Então aparecem duas mensagens não lidas. Enviaste-as por engano para este número quando eu estava em Londres. A primeira cita uma velha canção espanhola: *Y cuando suspiro, hasta el aire me amarga si no te miro. Ay que tormento! Me duele hasta el aire si no te siento.* A segunda diz: «Dias de tristeza. Não consigo pensar senão em ti. Cada vez mais grave.»
    A realidade é sempre má ficção.

No dia seguinte recebo o teu livro sobre a Rússia, com uma dedicatória em letra adolescente. Um livro inteiro escrito por ti. Leio-o sem querer que acabe, para saber quem és, e não há estranheza. Desconheço a história, mas reconheço-te. És aquele que eu vi, um homem como um fogo preso. A nossa intimidade estava certa.

E amanhã, e depois? As páginas seguintes do meu caderno têm notas sobre Dylan Thomas, então lembro-me. Uma madalena molhada no chá, não para que tudo seja como foi, mas para que tudo se torne real.

E dormem lassos os amantes
com as dores todas entre os braços

Dylan Thomas por Dylan Thomas, voz vibrante de muito álcool. Depois Brel, Ferré, Moreau, Poe. O meu primeiro disco para ti, noite dentro, na Gràcia.

O teu primeiro disco chega antes. Tiro-o da caixa agora, anos depois, um CD-R que foi branco e está queimado do sol. Faço-o deslizar para dentro do texto, espero que algo aconteça. Sinos, pandeiretas, um coro árabe. Homens a baterem na pele, a aspiração das guturais na garganta, os erres contra o céu da boca, palmas com as mãos exatamente sobrepostas, ao centro uma ondulação de asas. Há seis anos ajoelhei-me num tapete, a ouvir esta música como se ela trouxesse uma carta. Que diz ela, depois do transe sufi? Carne, carne, carne. *Hiiiiiiiiiiiiiiiiiiiiiiiiiiiiiiii... Iô! Iô! Iô! Iô! Iô! Iô!* *I put a spell on you because you're miiiiiine*. Flamenco, voz e cordas, pancadas no oco da guitarra, *Dime, dime, dime*. Riso de crianças, um cântico no Mali (*Nous alons chanter chanter / Nous alons danser danser*). Até que um rapaz me sussurra ao ouvido *Don't make your home out in the snow, little bird, or don't you know your friends flew south many months ago?* Quando ele se cala, é de noite, e começa o

Erbarme dich de Bach. Então lembro-me do que disseste a primeira vez que falámos ao telefone depois de deixares Jerusalém: que tinhas ido a ouvir a «Paixão Segundo São Mateus» durante todo o voo.

E eu no crepúsculo da casa, a abrir espaço, a abrir espaço para ti. Ainda não sei como a tua necessidade de arrebatamento precisa de bastidores para recuar.

Assim entramos em dezembro, a trocar discos. Discos e SMS. Sempre que ouço aquele tlim do telefone, o meu coração precipita-se em todas as direções, como um cão na trovoada. E nessa concentração de frio e calor, medo e prazer, fico a olhar o teu nome que desliza no ecrã.

— Sabes quantas mensagens trocámos num mês? — perguntas. — Centenas.

Uma nunca é uma, são séries. Tento conter-me: logo de manhã, não. Quando desapareces dois dias entro em abstinência.

Discos, SMS e em breve conversas. Saio da redação à hora a que vais ligar e caminho pela rua, sempre em volta, subindo e descendo escadas. Às vezes sento-me a um canto no chão e fico ali a ouvir-te, além dos Pirenéus, além de França. Depois volto com um ardor no peito, como se tivesse bebido conhaque.

É inverno. Tudo parece branco, intacto. Quando chega a última noite do ano não me falta ninguém. Deixo-

-me ficar em casa, a escrever para ti. O meu irmão chega e parte; telefonam amigos que me julgam numa festa; lá fora há gritos, foguetes, música; e eu estou tão inteira como em Gaza, quando pela primeira vez senti que estavas comigo. Mas tu, que viajaste com a família e amigos, não estás nada inteiro. Começas a telefonar-me antes da meia-noite, fazes um intervalo e passas o resto da noite a beber e a falar-me. Aos 45 anos, desesperado e eufórico, transbordas como um adolescente.

— Quero estar contigo, é contigo que quero estar, quero dormir contigo, preciso de estar contigo, estás a ouvir?

Repetes isto, telefonema a telefonema. Depois telefona um amigo teu, a dizer que está ali ao lado, que lhe contaste tudo, que não sabe o que vai acontecer mas deseja que sejamos felizes.

Uma parte de mim imagina as mulheres lá na Bélgica, a tua mulher, a mulher do teu amigo. O teu amigo encoraja que nos tornemos amantes e depois brinda com a tua mulher? Tu telefonas a dizer que queres dormir comigo e depois brindas com ela? Se lhe fazes isso a ela porque não a qualquer mulher? Isto está mesmo a acontecer-me? Um folhetim de cordel, uma opereta?

Outra parte de mim ri, para não levar a bebedeira a sério.

Mas há ainda aquela parte que só quer ouvir que queres estar comigo.

E todas as partes em luta, a tomar decisões.

2005

Ami, remplis mon verre
car j'ai peur d'être moi

Jacques Brel, versão Léon

Barcelona

Tu, no dia seguinte à passagem de ano:
— O que é que eu disse?
— Não te lembras?
— Não me lembro de nada.

Entram os amigos. Os amigos mais duros têm razões: acaba com isso já, vais-te magoar, é uma filha da putice, não és tu.

Mas somos o que nos acontece, estamos em movimento e todos admiramos aqueles que deixam tudo por amor. Não queremos vidas duplas, queremos reconhecer o que é forte quando acontece. A única moral será o amor. Se o amor estiver deste lado, este lado está certo. Tudo o mais é cálculo, conveniência, compaixão.

Claro que, em havendo dois, metade não depende de nós. E um dia podemos achar-nos em situação de perguntar: afinal, esse amor, está onde?

Uma história gasta, penso de manhã. E à tarde ainda nem começou.

Nós, nos primeiros dias de janeiro, telefonema a telefonema:

— Quero ver-te.
— Como?
— Posso tirar uns dias.
— Preciso de te ver.
— Eu também.
— Pensamos nisso?
— Não tem de ser uma encruzilhada.
— Não?
— Nem sabemos como nos vamos sentir.
— Então vemo-nos?
— Senão, como vamos saber?
— Paris?

Chegada domingo, 30 de janeiro, partida terça, 1 de fevereiro.

— Sim?
— Sim.

Faltam 20 dias.
    Começo a mandar-te uma fotografia por dia, em contagem decrescente. Ando na Galiza a trabalhar e perco-me no nevoeiro para cumprir a promessa. Anoto legendas a meio de entrevistas. Passo noites a digitalizar velhas impressões.
    Seis anos depois, é patético.
    A realidade é patética. A realidade é inverosímil e patética.

Última fotografia, na véspera de partir: os meninos judeus, de *kipah* e *pull-over*, no dia em que fomos juntos à Cidade Velha.

Paris

Île de Saint-Louis.
Aqui estou, com o meu casaco vermelho de cossaco até aos pés, botas, mãos nos bolsos, cara ao vento, à beira-rio. Combinámos aqui porque o hotel é perto. Foste tu que o escolheste e queres que seja surpresa. Devem estar zero graus, talvez menos. Tenho um buraco no estômago, ou no peito, ou formigueiro. O Sena passa espesso, cor de chumbo, da cor do céu. Notre Dame como um grande mamífero branco cheio de gárgulas.
Volto costas, meto para dentro.
Saint-Louis são três ruas e eu tenho de andar para não morrer do coração. O meu voo já chegava primeiro e o teu ainda se atrasou. Estou em pânico, radiante.
Um, respirar. Dois, abrir os olhos. Cá estão os parisienses no seu frufru de *petit-quois*. Compram baguetes com mãos enluvadas e cachecóis de caxemira. Já cá estavam antes, cá estarão depois. O nosso bater de asas não fará vento. Seremos invisíveis.
Vou à Ulysses, a livraria de viagens que teve por padrinhos Ella Maillart e Hugo Pratt. Sendo domingo, está fechada, mas parece igual à última vez que cá estive, à procura do guia que E.M. Forster escreveu

sobre Alexandria. A proprietária confunde-se com os próprios livros como um camaleão. Talvez agora mesmo esteja ali dentro e eu não a veja.
Volto à beira-rio, com o meu saco de viagem. É aquela hora em que o dia muda para a noite. O céu está cheio de silhuetas. Tenho a cara gelada, lábios de morta. Mais um minuto e morro disto.
Mas antes vais aparecer nas minhas costas.

Aqui estás.

Aqui estamos, parados um diante do outro, tu de mochila às costas, eu de saco aos pés, com aquele sorriso oblíquo de quem não se olha nos olhos.
Mal nos tocamos, aperto-te a mão e desato a falar. Do frio, da Ulysses, do Hugo Pratt.
— E se andássemos um bocado para aquecer?
— Antes de ir ao hotel?
— Podíamos beber qualquer coisa.

Então andamos lado a lado, com a nossa bagagem, por Saint-Louis à noite. Levo-te à Ulysses e às papelarias da rue du Pont Louis-Philippe onde há anos descobri uns cadernos encadernados a pano que parecem livros, mas com as páginas todas brancas. Ficamos de nariz na montra.
Depois damos a volta ao clarão fantasmagórico de Notre Dame, e paramos de queixo levantado para a fachada, como se fosse a lua.
As noites de inverno têm a aura das coisas fechadas sobre si. Uma noite assim é para nós.

Não me lembro quando foi a última vez que comi, talvez ao pequeno-almoço, mas quando nos sentamos só peço vinho e tu comes, numa tasca com mesas de fórmica dos anos 60, daquelas redondas, azul-celeste. Um par de ocasião, dois ou três solitários que vejo de relance. A partir daí ficamos dentro de uma luz e o resto desaparece.

Tu, que já andaste quilómetros, que daqui a nada já comeste, que além do frio, da Ulysses e dos cadernos já me ouviste falar de Chartres por causa de Notre Dame, de Gaudí por causa de Chartres, da Gràcia por causa de Gaudí, tu, continuas a sorrir. E eu, cada vez mais em pânico, a falar cada vez mais de nada, a falar e a fumar.

Falava para que a noite nunca mais viesse, mas a noite já viera há muito, ia mesmo a meio. Estarias pelo menos a ouvir? É que eu não me ouvia.

Na imagem seguinte, andamos às voltas sem dar com o hotel.
— Será uma rua pequenina, mas tem de ser aqui — dizes, confirmando papéis.
Contornamos pela terceira vez a grade de um jardim, com uma árvore a transbordar sobre nós. De repente paras e agarras-me os braços sem eu ter tempo de pensar que aquilo vai acontecer.
É terrível porque estamos congelados. Uma espécie de beijo em anestesia. Quando abro os olhos, dizes:
— Pensei que não ias parar de falar nunca.
Estás a tremer, mas não é frio. Ouço o teu coração às patadas lá dentro.

Eis a rua. Meia dúzia de passos, por isso é que mal se vê. E cá está a plaquinha com o nome do hotel.
— O Gainsbourg costumava ficar aqui com a Birkin — explicas. — Espero que não esteja demasiado decadente.

Dois anos e meio depois — no verão depois de teres desaparecido —, fui a Paris fazer uma entrevista. Quando me vi livre, caminhei até ao Jardim das Tulherias. O sol estava a um palmo de se pôr. Árvores em recorte negro, a grande roda muito lenta, o lago com patos e repuxos, sabrinas na gravilha, japonesas com indianos, carrinhos de bebés, uma barraquinha *artisan glacier*, gelados morango-menta, um homem de cabelos brancos e olhos fechados, mãos cruzadas no colo.

Pensei em Proust e na Condessa de Ségur. Pensei viver em Paris, cadeirinhas reclinadas ao poente como diante do mar, tantas coisas para fazer em Paris, e para não fazer. Pensei que quando chegou a nossa vez tu tremias e eu não parei de falar.

Depois continuei até ao hotel onde pela primeira vez dormimos juntos, entrei, subi e comecei a escrever isto:

«Segundo andar. O corredor fica à direita, certo. Última porta à esquerda, quarto 8, é este. Estará ocupado? Volto ao *hall*. Uma janela em ângulo, escadas de madeira escura, papel de parede em ruína, flores desbotadas. Apaga-se a luz de presença. Ouço um autoclismo lá em cima e vozes de raparigas americanas. É hora de tomar um duche e sair para jan-

tar. Cheira a mofo. Subo mais um lance de escadas.
À minha frente o corredor é verde-mesa-de-snooker.
Seria o 8 no segundo andar, ou este exatamente por
cima, o 13? Há vozes no 14. Um grande suspiro no 11
ou no 12. E o 13, estará ocupado? Descendo até à receção, gravuras da cigana Esmeralda, La Esmeralda
d'*O Corcunda de Notre Dame*, a dançar com a sua cabra na cama. O rececionista latino-americano chegou
poeta a Paris. Agora come ali no vão da escada, em
frente à televisão. Dá as chaves aos pares que vêm
ver como Paris é romântica. Passa as noites sozinho,
contrafeito. Convida-me para hoje, para amanhã,
então quando for. Uma vez esteve em Barcelona,
lembra-se. Foi por causa do Biedma, diz, o Jaime Gil
de Biedma. Convida-me para hoje, para amanhã, para
falar de livros, diz. Publicou nas Éditions Lettres, 7,
rue Boissy. O livro chama-se *Le Batîment du vide*.
Ele chama-se Pablo de la Barca e escreve-me o seu
nome e número de telemóvel num cartão. Depois entra uma louca que se senta no canapé. Parece a Gloria
Swanson em sem-abrigo, mas parisiense, *mais oui*.
Estende-me os dedos descarnados cheios de anéis
com grandes pedras.
— *Vous croyez que j'exagère?* — pergunta. — *Non?
Vous êtes sûre?*
É o verão de 2007.

Mas na noite em que tu e eu chegamos não vejo
vivalma.
Claro que alguém te dá a chave. Pode ser até a
própria Gloria Swanson, tenho demasiado medo

para olhar. Subo uns degraus, a ver a gravura de La Esmeralda a brincar com a cabra, o papel de parede a descolar-se, a madeira que range semi-inclinada, como se o hotel estivesse a afundar-se lentamente há séculos. É o cenário que escolheste, penso no que ele diz sobre ti.

— Gosto muito.

Antes mesmo de entrar no quarto, gosto muito que este hotel só possa ser em Paris, a ranger e a afundar desde Victor Hugo.

E ao abrires a porta tenho a certeza de que a janela ao fundo já existia quando Hugo nasceu. Ele bem podia ter escrito *O Corcunda de Notre Dame* ou mesmo *Os Miseráveis* nesta alcova comprida e estreita, com a cama numa ponta e a janela na outra. Atrás da cama há um cubículo onde foi acrescentada a casa de banho, mas de resto tudo estaria assim há 150 anos: o padrão de flores na parede, a velha escrivaninha com tampo, o peso da janela altíssima, e quando a abrimos:

— Uau!

Notre Dame, incandescente.

A janela. Felizmente há a janela, aberta e longe da cama. Agora já não falo sem parar, estou paralisada. Tu ansioso, eu paralisada. Eu fumo um cigarro, tu fumas uma cigarrilha.

Ao entrar, acendeste um pequeno candeeiro ao lado da cama, mas junto à janela estamos quase na penumbra. Até que deitas a cigarrilha fora e olhas a direito para mim. Estás de costas para Notre Dame, portanto a tua cara está escura, com os olhos a brilhar. A luz deve estar na minha cara.

Agarras os meus braços, colas-te a mim e dás-me uns beijos de criança, como quando as crianças não sabem se estão a ir devagar ou rápido, e depois descobrem que além dos lábios há a língua, mas não têm a certeza do que se faz com ela. É como se nunca tivesses beijado alguém. Estás tão ansioso que voltaste ao princípio.

Um desastre.

E a minha salvação, porque saio em teu socorro, esquecendo-me do meu próprio medo. Tu, que tens tudo a perder em estar aqui, andaste comigo em círculos durante horas porque eu não estava pronta. É a minha vez de fazer alguma coisa, de olhar para ti a direito, de te agarrar os braços, de me colar.

Está tudo bem. Vai correr tudo bem. Devagar, muito devagar, mais devagar.

Sem casacos de inverno, finalmente estamos colados. Então sinto nas mãos como és magro, um magro com músculo no peito, no abdómen, nos braços, mas sem nádegas. O teu corpo faz um V, costas largas, pernas finas, e de repente lembro-me daquelas classificações dos antigos manuais de psicologia, com o tipo-atlético, o tipo-magro e o tipo-gordo, que corresponderiam a três temperamentos: o homem de ação, o intelectual e o *bon vivant*. Isto sobrevive na minha memória.

A realidade é absurda, e mais rápida que a própria sombra.

Duas pessoas de olhos fechados e mãos em movimento desencadeiam cem milhões de imagens em cada cabeça. Eu a morder-te a boca, o queixo,

o pescoço, a puxar-te o cabelo e a barba, a camisa, vejo as silhuetas do tipo-atlético e do tipo-magro, e depois o tipo-gordo que era o meu fantasma, a compota ao lume na cozinha da minha avó, o comboio do primeiro InterRail, os olhos do então namorado, a cor da fórmica há pouco, e só passaram cinco segundos. E tu, com a língua dentro da minha boca, com as mãos nas minhas nádegas, andas onde? Depois do pânico, da ansiedade, da paralisia, fechamos os olhos num beijo como se mergulhássemos, e o filme que isso é quando é. A arqueologia. Saímos outros.
 Então abrimos os olhos e só passaram dois minutos. Ainda seremos outros ou voltámos a nós?

 Ah, mas esta é a pergunta que vai avançar e recuar nos próximos anos, como o drama entre palco e bastidores. Começa esta noite e acabará connosco.

Noite na terra. Nunca é noite na terra porque a noite roda. Mas é noite na terra quando duas pessoas estão coladas uma à outra. Só nós estamos vivos, somos a Arca de Noé.
 Abro a tua camisa para sentir a pele da barriga, dura, pedra. Desaperto o cinto e os botões dos *jeans*. Usas uns boxers largos de algodão. O teu sexo é grande e macio. És grande, macio e cheiras a sabonete, como se não transpirasses. Não há pelos no peito, só um fio no abdómen. A tua pele é morena, os teus mamilos são cor de canela, eretos. De frente, tens um tronco de atleta. Mas vejo a curva excessiva nas cos-

tas, as pernas excessivamente magras quando tiras os *jeans*, depois os boxers.
Então este é o teu corpo.
Ponho a mão em concha por baixo do sexo, sinto a pele finíssima, de pálpebra, acompanhar a expansão do músculo, o relevo das veias que levam à cabeça e a levantam. Como o sangue é quente. Fecho a mão.
Abres o meu vestido rosa-velho que depois deixei numa lavandaria, e me fazia lembrar os anos 20.
Eu levanto os braços e tu puxas.

A cama fica num canto, num aconchego. Estamos em cima da cama, ajoelhados, nus. Nunca tinha reparado como as tuas mãos são uma obra-prima. É a primeira vez que as vejo saírem assim dos braços, renascentistas, angulosas. Uma delas basta para me cobrir a cara, toco a polpa de cada dedo com a língua. A palma da outra está encostada a um mamilo. Movemo-nos lentamente sem uma palavra. É um silêncio estranho, de quem perdeu a fala ou sofre em silêncio.
Tu sofres em silêncio, eu perdi a fala.

Há um filme com crianças a correr no inverno e faz tanto frio que a superfície do rio ficou rija. Quando uma das crianças se debruça vê um peixe. Passa a mão por cima do gelo. O peixe está imóvel para sempre. É um morto de olhos abertos.
Tu olhas como quem está vivo e não consegue partir o gelo. Vês para fora, eu vejo para dentro, mas não há som.

Vais buscar um preservativo. Fico com ele na mão. Quando o teu sexo volta a endurecer, cubro-o lentamente. Então entras em mim, sempre em silêncio, mas logo encolhes, como um bicho-de-conta. Recomeçamos, e recomeçamos. Até dizeres:
— Acho que estou ansioso.
Deitamo-nos entre os lençóis, eu por cima do teu peito, a ouvir o coração. Assim ficamos, incapazes de dormir, olhos abertos no escuro, cada um na sua noite.
Procuro e não acho uma palavra. Quanto tempo passa?

E no entanto, de olhos fechados, sob a ponta dos meus dedos, o teu peito é só a parte mais macia de um animal. Pele, poros, a elevação do tórax, a dureza da clavícula. E depois dos dedos a boca, e além do peito a barriga, até que os meus cabelos estejam espalhados pelos teus ombros, e comecem a deslizar para o fundo num rasto de algas.

Então abres os olhos como se não acreditasses que isto está a acontecer, e quando voltas a fechá-los tens as mãos na minha cabeça e flutuas. Agora, sim, ouço-te. Parece que o teu corpo entra em contacto com a água pela primeira vez. Em vez de gelo, um estado líquido, espesso, morno, sem fim nem princípio.

Mas nunca te fizeram isto? Nunca chuparam o teu sexo até ficar duro como um osso? Nunca, em 20 anos de casamento? Sim, trazes a tua aliança. O que se passa entre duas pessoas é o maior dos mistérios.

No dia seguinte abro os olhos e vejo flores na parede, como se estivesse dentro de um livro. Que cama é esta? Volto a cabeça, encontro a tua cabeça. As nossas últimas horas desfilam rapidamente.
    Aconteceu, estás aqui. Dormes de boca aberta, sinto o peito do teu pé com os dedos do meu pé, encosto a minha barriga ao teu flanco, perna fletida sobre a tua perna.
    A cama afunda a meio, o que diz bem com tudo à volta. Na janela, uma claridade nublada, de inverno.

Agora és tu quem vem sobre mim e entra. Pela primeira vez cruzo as pernas à volta das tuas costas, baloiçamos no vão da cama, duas crianças mudas, de olhos muito abertos. Nem uma palavra, nem um palavrão.
    Até que o teu sexo recua novamente.

— Tens fome? — perguntas.
— Hum, sim — respondo.
— Eu estou esfomeado. Saímos?
— Ok.
— Vou tomar banho.

Ouço água a correr, fico dentro da cama: oito mil nervos ao centro, duas artérias dilatadas, uma raiz por cima e além a noite escura. Depois embrulho-me no lençol, recolho a roupa caída.

Sais de toalha à cintura, perfumado. Pões os óculos, sorris, beijas-me.

— Cinco minutos — digo, a caminho do duche.
— É o tempo de uma cigarrilha — dizes.
Sentas-te à janela.
Paris é menos assustador que nós os dois.

Quando saio do banho tens uma prenda trazida de Bruxelas. Um longo cachecol de seda e lã, cor de ferrugem. Enrolo-o ao pescoço, dentro do meu casaco de cossaco. É lindo.

Andamos por Paris. Passamos a ponte para Notre Dame e daí para o Marais. Vagueamos ao longo das arcadas da Place des Voges onde Marjane Satrapi teve um ateliê. Eu falo-te do *Persépolis* e tu falas-me de Fela Kuti e do filho, Femi. Ouviste-o na Nigéria.

É bom dar as mãos neste frio. É bom andar abraçado neste frio. Paris, teremos-sempre-Paris. E temos fome. Paramos numa *brasserie* minúscula perto do Pompidou, com velhos azulejos na parede. Está deserta, porque já passa muito da hora de almoço. Peço um prato do dia que nem tu nem eu sabemos o que é. Vêm tripas.

— Desculpe, tenho um problema de saúde — digo ao *garçon*. — É melhor uma tábua de queijo.

— E champanhe — decides tu.

Ali ficamos, a beber e ver passar Paris, finalmente sem tensão desde que chegámos. Quando não sabemos quem vamos ser depois de amanhã é mais fácil estar vestido.

Pelo menos, a primeira vez.

Até que o champanhe acaba.

— Cinema? — propões.
Nem há 24 horas estamos juntos. Cinema, aqui, quer dizer uma hora e meia de bastidores. Tempo, como se diz nos combates de boxe.

Desse ponto de vista, Bergman não é o ideal, e o último Bergman menos ainda, mas a tua prevenção não vai tão longe. É assim que ao cair da tarde nos achamos a comprar bilhetes para o *Saraband*.

Em frente ao cinema há uma livraria onde passamos a meia hora que falta para o filme. Compro o *Deserto* de Le Clézio para ti. É bom ver livros contigo neste frio. É bom dar a mão, andar abraçado, ver livros e até ver Bergman menos de 24 horas depois de chegar a Paris contigo, esteja frio ou não.

Para mim é mais fácil. Ninguém depende de mim.

Nunca mais revi *Saraband* desde esse fim de tarde em Paris. Mas também nunca mais ouvi as suítes para violoncelo de Bach, qualquer uma delas, qualquer um dos andamentos, *sarabande* ou *allemande*, sem pensar nesse fim de tarde em Paris. Demoramos um momento a escolher um filme, e a música mais íntima de Bach passa a estar ligada a esse momento para o resto da vida.

Aqui estamos, lado a lado, diante daquelas imagens do mais melancólico desejo, o do corpo velho que deseja com a intensidade de um corpo jovem mas não deixa de ser um corpo velho. Sim, *Saraband* não é o filme ideal para nós. Estamos demasiado ocupados com o problema do nosso próprio desejo.

O nosso desejo não tem problema algum, como se provará rapidamente. O problema do nosso desejo é estar só a começar.

Agora vejo-nos a fumar à porta do cinema, um pouco silenciosos. Mas tu trataste da noite de hoje como trataste do hotel. Pelo menos nas próximas horas não tens de te preocupar.

— Gostas de ostras? — perguntas.

— Nunca provei.

— Não é possível!

É a tua costela convencional. Lagosta, lavagante, sapateira, esses bichos que as pessoas põem vivos em água a ferver, nunca provei, e sempre achei que as ostras podiam esperar. Pelo menos até esta noite.

Não há improviso algum. Marcaste mesa num primeiro andar daqueles com painéis de madeira escura e baixela de cobre. Tu comes, eu sigo, duas gotas de limão e depois é um gole de mar prendendo a respiração, para não sentir o bicho. Pronto, somos quase duas pessoas normais em Paris.

E no fim lá vamos, em ritmo de passeio, mas inequivocamente a caminho do hotel. Bem sei o que dizem das ostras, o afrodisíaco, mas não é nada disso. Apenas hoje é depois de ontem, o corpo aprende rápido.

Então, à luz de Notre Dame estamos em pé, deitados, ajoelhados. Eu caio de costas, a tua cabeça desaparece, eu apoio os pés nos teus ombros, tu respiras fundo, respiras. Vai tornar-se uma vocação.

Na manhã seguinte, recolhes a roupa e deixamos a nossa alcova d'*Os Miseráveis* para sempre.

Como é tarde para pequeno-almoço, vagueamos à procura de um *brunch*. A seguir vamos comprar discos. Faço uma torre para ti, incluindo Joanna Newsom e Devendra Banhart. Descobri-os ao vivo num pequeno clube em Nova Iorque quando ainda estavam a começar e por acaso tu incluíste o Devendra no teu primeiro disco para mim. Então, face à minha torre, ofereces-me o disco que a namorada dele fez com a irmã. *You provide the bourbon / I'll provide the skin*, cantam as manas CocoRosie na primeira canção, ou é o que julgo ouvir.

E adeus Paris.

Eis um momento que se vai repetir muito nos próximos dois anos. O teu avião vai partir de um aeroporto diferente. Despedimo-nos em Saint-Michel. Tu desces as escadas do metro. Eu sento-me num café sozinha.

Barcelona

If every angel's terrible, then why do you welcome them?, continuam as manas a cantar, coqueteando com Rilke.

Mil quilómetros depois, acabada de chegar a casa, tenho a certeza. Então telefono-te a dizer que, sim, não sabíamos como nos íamos sentir, mas agora eu sei.

Dias de batalha.

Tu dizes que tens uma vida e eu apareci. Tu dizes que julgavas ter uma vida e eu apareci. Tu dizes que julgavas ter uma vida e eu apareci mas que fazer? Eu digo que se não sabes terminemos, antes que tudo se torne pior.

Desço à praia. Jovem pai a jogar à bola com o filho que mal anda, jovem mãe ajoelhada na areia a fotografar a filha, o filho dá chutos no ar, a filha pega na máquina fotográfica e quase cai, o pai e a mãe riem. Uma família verdadeira, claro, é a felicidade. Volto à Gràcia a pensar que sou uma filha da puta a dar cabo da felicidade. E quando fecho a porta já pergunto que felicidade é essa, presa no gelo.

De que lado está o amor? Qual é o lado certo? A batalha continua, mas eu só quero ser convencida.

Ao fim de uma semana, tens um plano. Como este é o ano 400 do Quixote, e eu vou fazer uma reportagem na Mancha, tu vais propor uma reportagem ao teu jornal.

— Volta a juntar-se a melhor equipa do mundo. Que dizes?

— Na Bélgica as pessoas estão interessadas nisso?

— Claro que estão. O Quixote não é vosso.

Recomeça a contagem decrescente.

Monteverdi. Meredith Monk. Chopin. Arvo Pärt. Satie. Górecki. Bach. Low. Callas. O meu segundo disco para ti.

From: Ana Blau [mailto:anablau68@gmail.com]
Sent: Tue, Feb 22, 2005 at 1:01 PM
To: 'Léon Lannone'
Subject: Homens de neve

Telefonei a um fotógrafo que andou na Mancha a fazer um portefólio sobre o Quixote. Dormiu o tempo todo no Parador de Manzanares, o mais próximo de tudo, diz ele. El Toboso é o lugar que prefere. Prevê que seremos abomináveis homens da neve, de tanto frio que faz. Podemos telefonar-lhe para contactos, café em Madrid, etc.

Ana

Manzanares é central mas é o Parador menos charmoso de toda a Espanha, dizem os teus espiões. Não convém para albergar Dulcineia, dizes tu.

Madrid

Barajas.

Aqui estou, com o meu casaco mais quente, gola de pelo, botas da tropa, a caminho das chegadas internacionais para te ir buscar. É de manhã, umas nove ou dez. Está frio mas sol.

Aqui estás, com a tua mochila curvada, aquele sorriso perdido que tens ao longe e desta vez nenhum embaraço. Só passaram três semanas. Já sabemos o que acontece se nos tocarmos.

Aqui estamos, abraçados.

Reservaste um carro no aeroporto. Pomos as malas no porta-bagagem, sentamo-nos, olhamos um para o outro. Regresso a Jerusalém.

— Ah, mas com som a bordo.

O que faz toda a diferença, porque eu trago um disco e tu trazes três, *Dimanche a Bamako* mais dois feitos por ti. Fora o Mali, não vai ser uma banda sonora muito feliz. Em alguns casos será mesmo dramática.

O contrário dos próximos dias, ia eu dizer. Mas talvez não. Talvez dramático seja os próximos dias serem os mais felizes de que me lembro.

Afastamo-nos para sul, direção Toledo. Céu azul, pouco trânsito.

— Que ouvimos primeiro? — perguntas.
— Um dos discos que fizeste.
— Um é todo de flamenco.

— Então o outro.
— Pouco patriótico, isso.
— Mas eu sou pouco patriótica. Nem Espanha, nem Catalunha. O meu bisavô até era húngaro, lembras-te? O outro disco é o quê?
Passas-me um CD igual ao primeiro que fizeste, sem nada escrito.

Look at me, I'm all dressed up

— Hum — torço o nariz.
— Ouve a letra.

Far away
Far away from this world
Far away
We can be alone.

— Hum.
— Ok. E esta?

You changed my life
we were as green as grass
and I was hipnotized
from the first till the last kiss

— P.J. Harvey. Melhorou.

I jump for you into the fire
I jump for you into the flame
Try to go forward with my life
but just feel shame shame shame

O refrão enche o carro, estrada fora.

Shame shame shame
Shame is the shadow of love

Depois as manas CocoRosie cantam três cançonetas e respiramos fundo.

— Agora vê se reconheces a voz — desafias.
 Bateria, baixo, grande ritmo, vem a voz.
 — Sim... mas não conheço a canção. Quem é?
 — Ouve bem.

We gotta take the walls of Jericho
Put your lips together and blow
To the very top

— Não tenho ideia.
 — É o vocalista dos Clash.
 — Os Clash?! Os Clash sou eu!
 — Tinhas idade?
 — Vivia colada à rádio quando saiu o *Sandinista*. Tu foste *punk*? Não acredito.
 — Porquê?! Bem, não andava de crista.
 Sorris de esguelha. Tenho a mão na tua nuca. Tento imaginar-te há 25 anos, com um blusão de cabedal e estes caracóis antes de terem começado a ficar brancos. Na verdade, acho que nunca te vi tão novo. Um garoto grisalho.
 — Isto tens de adivinhar.
 — Metais. Transe. Fela Kuti?

— *Vagovo you ma, vagovo uou pap* — tamborilas no volante.

E o anjo desprende-se das nossas costas. Aquele anjo que eu imagino com a cara de horror da Medusa, a olhar para o desastre que nos antecede.

Toledo

A cidade aparece dourada numa colina. É a vista que temos do Parador, um antigo palácio, convidas tu. Quarto 4537, uma cama que não acaba, uma tapeçaria sobre a cabeceira. Pousámos as malas e agora olhamos Toledo da varanda. Tu próprio pareces um pouco dourado, assim a fumar uma cigarrilha. Onde está o homem do gelo? Encostas-te a mim, avanças na direção da cama.

— Descansamos? — sorris.
— Não, aproveitamos a luz.

Vai ser uma lua-de-mel, mas não o será menos por estarmos a trabalhar.

Na Câmara ficamos a saber da estratégia para o Quixote: *pins*, esculturas, silhuetas, cartazes, folhetos, álbum de colorir, colheita de vinho, livro de cozinha, concurso de televisão, *site* de internet, jogo interativo, calquitos, peça de teatro, musical, marcador de livros, rota turística, percurso pedestre e uma edição especial a um euro.

Quixote *rules*.
Entramos em catedrais, claustros, catacumbas, descemos uma muralha. Ruínas? Não tenho memória clara, talvez por nunca ter escrito uma palavra sobre Toledo. Vejo-nos a beber um copo de vinho antes de jantar. Não nos vejo ao jantar.

Na imagem seguinte estamos no nosso quarto de reis, ao fundo da cama, um diante do outro, de pé. Tiraste-me o vestido, pediste que ficasse quieta. Estou muito branca porque é inverno. Sinto o tapete de pelo na planta dos pés. Os teus olhos estão dentro dos meus. Estás numa comoção. Quando te abro a camisa, tombas para trás, braços abertos, grito tribal. Depois subo para cima de ti.

Acordamos emaranhados. Abro os olhos e a tua cara está aqui. Isso é tão bom que volto a fechá-los.
— Olá.
Isto é a tua voz. Abro os olhos e os teus olhos estão aqui.
— Olá.
Isto é a minha voz.
E deslizas por mim abaixo.

Mal dormimos, mas eis-nos já de cabelo molhado, a comer torradas com azeite e tomate.
Dez da manhã. Não é escandaloso.

Puerto Lápice

On the road to Puerto Lápice, sul-sudeste. É lá que Cervantes põe o nosso herói a ser armado cavaleiro por um estalajadeiro que já não o podia ouvir. Quixote toma-o por senhor de um castelo, como certamente tomaria por donzelas as anfitriãs destes *puticlubs* entre pastagens, vinhas e olivais.

A esta hora, com tanto frio, Puerto Lápice é uma pasmaceira de mil almas invisíveis. Bomba de gasolina, fábrica de azeite e vinhos, pub-discoteca. Janelas com grades e tiras de plástico nas portas. E frente à igreja, a Venta del Quijote, o nosso destino.

As *ventas* eram os caravançarais da Mancha, onde os viandantes se acolhiam. Nos anos 60, um basco esperto desceu a estas terras que a emigração começava a deixar desertas, comprou a bomba de gasolina à entrada da aldeia, e quando o negócio lhe correu bem engendrou a venda onde o Quixote terá sido armado cavaleiro. Agora vem gente de todo o mundo, porque está no caminho para a Andaluzia, e sempre se leva um *souvenir* e a barriga cheia.

Pátio empedrado, bacia de pedra onde terão bebido cavalos, carruagem de madeira pintada, mesas e cadeiras debaixo de um telheiro, um Quixote de ferro e lança à entrada.

Cheira a chouriço assado.

Bem munido de bigode e pança, o basco leva a sério o seu papel. Até fundou uma Confraria de Cavaleiros de Dom Quixote, com ritual, receituário e livro de honra.

— Estamos com o inverno mais frio dos últimos anos — anuncia, aconchegando-nos na adega, uma mesa para dois, entre cubas de barro.

Migas, refogados, estufados, Quixote tem toda uma ementa. Com um pouco mais de fome íamos aos *duelos y quebrantos*, ovos mexidos com presunto, chouriço e toucinho numa caçarola. Ficamo-nos por pão, queijo e vinho manchego enquanto o basco desfia o seu rol. Já ganhou prémios de cozinha. Recebe autocarros de gente todos os dias. Mesmo hoje, com este frio de matar, daqui a nada serão só japoneses a tentar dizer *Hola!, Hola!* Não têm tempo para estufados, mas fazem compras: *t-shirts*, porta-chaves, bonecos, BD. Tudo marca Quixote.

E nós, com os nossos velhos cadernos cosidos à mão que eu trouxe de Barcelona, tomamos notas, temos deveres. O dever tira a culpa do prazer. Fica só prazer puro, como flor-de-sal. Se o prazer correr mal, teremos sempre o dever cumprido.

Somos dois velhos cristãos da Europa.

Campo Criptana

Planícies de oliveiras num horizonte azulíssimo. Tamanho é o frio que não se formam nuvens, será isso. Estamos a ir para Campo Criptana, desde o século XVI terra de moinhos, daqueles redondos e brancos com velas negras.

Foi aqui que Quixote os combateu. Eram 30 ou 40 contra um. Agora são dez, no cimo de uma colina, com a aldeia aos pés.

Deixamos o carro junto ao mais alto, e quando saímos é como se nos dessem um golpe na cabeça. Já estava frio, mas agora está frio com pazadas de vento. Nem na Sibéria, em dezembro, me doeu tanto. Avançamos com os cachecóis por cima da cara e as mangas puxadas até à ponta dos dedos, a segurar caderno e caneta.

— Está ali um homem — gritas tu.
— Vamos lá — grito eu.

O homem são dois, Anastasio e Crisanto, nomes que quem-nos-dera, mesmo Cervantes chamava-lhes um figo. Um tem 75, o outro 68 e sentam-se como na praia ao poente. De tanto para aqui virem, o vento já nem lhes toca. Este é o melhor moinho de todos, dizem eles, «nem demasiado largo, nem torto». Chama--se Burleta.

Os velhos do mar têm barcos. Os velhos de Campo Criptana têm moinhos.

E cantigas, não muito abonatórias, de moleiros:
— Vinte e cinco moinhos na serra / cinquenta ladrões mandam nela — canta Anastasio.

Era quando a gente vinha de burro para moer a farinha, e uma ovelha era um tesouro. Agora, o tesouro é que venha gente. Anastasio tem um álbum e tudo, e insiste em ir buscá-lo, enquanto nós esfregamos as mãos para evitar que os dedos caiam. Mas vale a pena, porque Anastasio traz um verdadeiro portefólio de raparigas japonesas que aqui estiveram um dia e depois não se esqueceram de mandar cartas para eles, incluindo fotografias. Podemos mesmo acompanhá-las ao altar.

Sim, claro, tinhas razão, o Quixote não é nosso. Em alguma parte do Japão, neste momento, alguém diz: «D. Quixote sou eu.» A imortalidade é um livro existir na nossa cabeça mesmo sem o termos lido.

Resta-nos o moinho-museu e o museu do arame, capricho de um artesão e parte do dever. A seguir corremos colina acima, de bochechas geladas. Mas como já somos crescidos, e temos o nosso próprio carro, fechamo-nos lá dentro ofegantes. Só já não estar frio é uma alegria, depois ainda temos Amadou & Mariam.
— *Fais toi plus belle*
— *Chanter chanter*
— *Pour la fête au village*
— *Danser danser*
E no nosso bólide azul descemos para sul-sudoeste.

Almagro

Guardei o folheto a contar como dos visigodos só sobraram colunas e dos muçulmanos nada. Entre mosteiros e palácios, aqui rivalizaram franciscanos, agostinhos, jesuítas, para glória do Senhor e esplendor de todos nós. Quanto ao esplendor pagão, passou da Plaza Mayor para o Corral de Comedias, que além de teatro era albergue de pobres e sala de jogo. D. Miguel de Cervantes y Saavedra estaria em casa.

Jantamos como cavaleiros depois de uma longa jornada, postas de carne tenra, uma garrafa de Rioja, chocolate, tabaco. Cama branca de dossel onde não me lembro de adormecer. Mas devemos ter dormido porque me lembro de acordar. Aquele estado levitante que tem uma parte de vigília e uma parte de coito. Pernas trémulas, vertigem ao primeiro cigarro, sumo de laranjas doces. Que alegria, uma laranja no inverno.

A única forma de voltar é escrever para que exista.

No minúsculo palco do Corral de Comedias quatro atores ensaiam *Médico à Força*, de Molière. À volta galerias de madeira, por cima céu aberto, e eles ali, no século XVIII agora.

De resto, como é sábado, está toda a gente na Plaza Mayor, que tanto merece o seu nome. Sentamo-nos numa esplanada a beber café e a conversar com o empregado Ponciano sobre a enchente que ele prevê na Semana Santa. Depois, cara voltada para o sol, encostados um ao outro, falamos desta praça, de mercados, do Campo dei Fiori.

— E onde mais queres ir? — sorris.

Subo a gola de pelo do meu casaco. Sempre que faço isto, lembro-me de um abraço. Eu estava em reportagem numa escola de autistas. O psiquiatra levou-me ao refeitório onde eles almoçavam. Um rapaz com uma ferida na testa começou a caminhar para mim de olhos fixos. Eu podia ouvir o meu coração no momento em que a cara dele ficou a um palmo da minha. Então ele abraçou-me e deitou a cara no pelo macio da gola. O psiquiatra explicou que ele só queria ter aquela sensação. Quando me fixara ao longe, era o pelo macio que estava a ver. Foi nesse dia que aprendi como funciona a serotonina, a enzima que nos dá sensações de prazer. Os autistas produzem pouca serotonina e por isso muitas vezes auto-agridem-se, como acontecera com a ferida na testa daquele rapaz. A dor faz subir os níveis de serotonina, desencadeando o prazer.

Nesta manhã de sábado, na Plaza Mayor de Almagro, subo a gola do meu casaco e sorrio por nós e pelo autista que só queria sentir o pelo da gola porque isso é bom. Sorrio porque o pelo da gola é bom e porque a tua mão está pousada ao sol, a tua bela mão masculina, e eu enfio os meus dedos entre os teus.

Argamasilla de Alba

Agora para nordeste, ao som de flamenco. Algum dia tinha de ser.

Durante anos, julgou-se que Argamasilla de Alba era «o» lugar da Mancha cujo nome o narrador quer esquecer. Há uma boa razão para isso: é aqui que fica a Cueva de Medrano onde Cervantes terá estado preso, por amor ou dinheiro. Era então cobrador de impostos, uma vida difícil. Se foi amor, a donzela seria a irmã do senhor da terra, Rodrigo de Pacheco. No prólogo da primeira parte do Quixote, diz-se que a aventura foi escrita *numa prisão onde todos os tormentos encontram o seu lugar e onde todo o triste ruído faz a sua habitação*. Pode ser mesmo um cárcere ou uma metáfora do mundo.

A Cueva de Medrano sai-nos um centro cultural, e no pátio lá está a propriamente dita caverna, agora mais uma alcova com enxerga e mesa, que neste momento recebe um concurso de televisão «para encontrar jovens em que o espírito do Quixote esteja vivo». Meteram lá dentro audiência ao vivo e tudo.

Argamasilla não se poupa a esforços para ser «o» lugar da Mancha. Levam-nos ao padre, que desvenda uma pintura contemporânea do Quixote; depois ao grupo de teatro Del Tiquitoc, nome colhido no Quixote; e finalmente à conferência de um cozinheiro que ia falar da cozinha no Quixote mas afinal ainda não leu o Quixote e portanto fala da sua própria cozinha. Vejo-nos nesta plateia solene, eu com umas calças *flower power* em que não querias acreditar esta manhã. Jantámos à pressa para estar aqui, como é nosso dever, e para fazer o gosto aos patriotas de Argamasilla.

Quixote é uma pátria.

Ruidera

Avançando para sul-sudeste, a lua desaparece. Saímos das planícies, entramos num bosque, faróis acesos, ninguém. Parece que a noite se abre para nós e a todo o momento vai saltar um veado. A minha banda sonora foi feita para este caminho feérico, em serpentina.

Vejo o teu perfil contra o rasto branco das árvores. A música começa.

Refaço o alinhamento de cabeça, falta a primeira canção e algo mais. Mas o nosso voo de mariposa está tão vivo que ainda hoje, ouvindo Górecki, fico à espera que os Low cantem Smiths, e nunca mais pude ouvir *Last night I dreamt that somebody loved me* à velocidade dos Smiths. Toda a canção passou a ser em câmara lenta, com os meus dedos dentro do teu cabelo, a tua mão no meu colo e o bosque a recuar numa vénia.

Estamos no parque das Lagoas de Ruidera, onde há uma caverna citada no Quixote. A nossa estalagem aparece na neblina. Paras o carro em frente ao portão, voltas-te para mim, volto-me para ti, esperamos. A luz de presença extingue-se. Os teus olhos brilham. Ficamos ali, no escuro, depois da música. Mãos, dedos, boca, sem uma palavra.

Que horas são quando fazemos o *check in*? Duas da manhã? Dão-nos um quartinho com duas camas individuais. Na imagem seguinte, estou nua, de pé contra a parede, tu seguras-me os braços e é só o princípio.

Acordamos em concha na cama junto à janela. Depois do duche, entrego-te os pulsos para que ates o laço em que termina cada manga. Há anos que não ponho esse vestido, mas sempre que o vejo lembro-me de Ruidera.

Quando saímos da estalagem é um milagre. Estamos em cima de uma lagoa. Podíamos ter caído lá dentro ontem à noite. Se este nevoeiro não levantar ainda podemos. Mas antes vamos em busca de pequeno-almoço. Então a imagem seguinte é uma espécie de cabana feita de troncos, com três ou quatro mesas. Trazem-nos torradas, presunto, queijo, café. Embrulho-me numa manta de caxemira que trouxe do Paquistão. Tu fazes-lhe festas. Estamos como crianças, daqui a pouco vamos à caverna.

É mesmo uma caverna no mato, grandes pedras douradas, quartzos: Cueva de Montesinos. Avançamos até onde há luz. O fundo é escuro e húmido. Deve ter morcegos.

Domingo nevoento, invernoso. E de repente, sim, cai neve.

Villanueva de los Infantes

Direção sul, para «o» lugar da Mancha eleito num cálculo de Teoria dos Sistemas aplicado ao Quixote.

Renascentista e barroca, Villanueva de los Infantes já era o lugar onde morreu Francisco de Quevedo. Só por ter escrito *Hão de ser pó, mas pó enamorado*, Quevedo já merecia que tivéssemos vindo. Vemos a cama onde se deitou para a última noite.

E depois uma grande diagonal para nordeste, entre os campos brancos da Mancha.

Cuenca

Nada de Quixote, aqui. Só dormir, porque há um Parador para onde me queres convidar, e porque há Cuenca. Sempre achei que parecia coisa dos Andes, este nome, mas vem dos árabes. Ceia com álcool e tabaco que se prolonga pelo quarto. Melhor que embriaguez, ausência de gravidade. Na manhã seguinte estamos no teto do mundo. Saímos a ver tudo, neve a ranger debaixo dos pés, sol luzindo como cristais. Subimos muralhas, descemos encostas, estou eufórica.

— Esse teu tempo de soldado, nunca me tinhas falado dele — dizes ofegante, mãos na cintura, cem metros mais abaixo.

Nem me tinha apercebido. Então corro por ali abaixo, com as minhas falsas botas da tropa, e acabo nos teus braços.

As histórias felizes são relâmpagos.

El Toboso

O nosso último dever é a aldeia de Dulcineia, em linha mais ou menos reta de volta a Madrid. Dulcineia del Toboso, escreve Cervantes. Como Quixote sonha com ela.

Se aqui chegasse numa segunda-feira, como nós, penaria, porque é dia de folga para todos, câmara, museus, igreja, polícia. Mas sendo a terra este alfine-

te, todos se conhecem, e de mão em mão aparece a chave do Centro Cervantino. O que há para ver são centenas de Quixotes em todas as línguas: Kihote, Kichote, Quichotte, Quixot, Quixotus, Kisotun, Kichotas, Ky-Khót.
 E ainda achamos um Pablo que se vai armar cavaleiro, com armadura, lança, joelheiras e bacia de barbeiro a fazer de elmo.

Madrid

Engarrafamento à entrada. A Mancha acabou, como uma mágica. Mas temos planos para dançar. Eu tenho planos para dançar, e tu o que seja. Telefono ao meu amigo madrileno El Duende perguntando onde dormir. Está fora, liga a um amigo, dá-me uma morada. Acabamos num beco da Chueca, a olhar para um prédio que parece devoluto. Lá em cima uma placa diz: Farniente. Subindo ao terceiro andar, alcatifa levantada e a um canto a nossa toca: dois divãs em L, uma janela para o saguão, uma pia.
 Pousamos as malas e fugimos.

Tapas de tasca em tasca. Presunto, polvo, prosápia madrilena. Que bebemos? Nem ideia, mas sim, bebemos.
 Falas das tuas idas a Grózni, do terror a que o Ocidente volta costas para não comprar mais uma guerra com Moscovo. Quem quer saber da Tchetchénia? A Rússia vive como sempre, paralela, incólume.

Emociona-te que eu me emocione, mas não te espanta o desastre do mundo.

Uma discoteca parada nos anos 80, espelho e sofás à volta da pista. Não me lembro de pensar no dia seguinte, ou no que tu estarias a pensar, de copo na mão. Eu danço, tu estás sentado, o álcool faz-nos flutuar. Depois é de madrugada na nossa toca e como está frio apertamo-nos num dos divãs, de pijama.

No sex last night, diria Sophie Calle.

Vou continuar em Madrid um par de dias. O teu voo sai de manhã e ainda tens de devolver o carro no aeroporto. Caminhamos juntos até ao parque de estacionamento e despedimo-nos entre chiar de pneus e uma porta a bater.

Adeus ao céu aberto da Mancha.

Sobes a rampa, entras num clarão, desapareces. Eu caminho de volta ao quarto, como se acordasse de uma anestesia. Por ter bebido muito, por ter dormido pouco, por não saber quem sou.

Sento-me no divã enrodilhado. Fico ali a chorar.

Barcelona

Segunda estamos ao computador, cada um com o seu Quixote, a 1300 quilómetros um do outro.

Terça ouço Les Arts Florissants: *Que d'amants separés languissent nuit et jour*.

Quarta leio um poeta andaluz da minha idade, Luis Muñoz:

Esta é a noite
Com o seu dorso de iguana
Não penso temê-la
Nem pelo que esconde
Nem pelo que ilumina

O teu medo não termina sem o meu medo

Quinta envio-te o primeiro livro de Eliot que li na vida, quando aprendi de cor o começo do *Prufrock*. É uma edição da Faber, *Selected Poems*, e ao abrir a folha de rosto vejo a data em que a comprei: 15 anos, dia por dia, antes do dia em que nos conhecemos em Jerusalém. Segue por correio com uma polaróide.

Sexta, sábado, domingo, segunda. Poemas, canções, mensagens, uma avalanche.
    E na verdade, nada.
    Aonde vamos?

A tua mulher deu com a nossa correspondência. Pedes-me um mês, abril. Vais sair de casa, ficar sozinho, pensar.

Terça, quarta, quinta, sexta, sábado, dobrada sobre mim mesma, repetindo em *loop* os primeiros versos de *Terra Devastada*:

*Abril é o mais cruel dos meses, gera
lilases na terra morta, mistura
memória e desejo, desperta
raízes à primeira chuva*

Mal durmo, mal leio, mal escrevo. Ao instante em que acordo segue-se o instante em que começo a pensar em ti, e é assim até que adormeço, sonhando que isto enfim acaba, sonhando que isto enfim começa.

O vazio rebenta. Vejo-me na sala, a falar contigo ao telefone, as magnólias no escuro, no fim de abril: um mês depois estás de volta a casa. Já não amas a mulher com quem casaste mas amas os teus filhos acima de tudo. Amas os teus filhos acima de tudo mas não queres que *isto* desapareça da tua vida. *Isto*: o desejo, o romance, o vendaval.

Queres tudo. É a tua não-decisão, em suma.

Eu também quero tudo, mas eu sou só eu. Tu não és só tu. Quero-te e portanto não quero isto, a angústia do que não vejo, não sabes e não chega. Desta vez não quero ser convencida. Só quero que isto acabe.

Cortar, cortar, cortar.

Cortamos.

Israel vai retirar os colonos de Gaza em agosto e seis meses depois haverá eleições na Palestina. Proponho ao jornal ir viver para Jerusalém esses seis meses. Começo à procura de casa lá, de quem fique na minha casa cá.

Passa maio. A 9 de junho recebo um postal com a imagem de uma encruzilhada numa paisagem campestre e nas costas a tua letra juvenil, o teu estilo dramático: pensas em mim mas não queres dizê-lo, faço-te falta mas não ousas confessá-lo, uma dilaceração que te habituaste a não olhar de frente, memórias tão vivas que as sentes com todo o corpo, sei isso, não sei?

Junho, julho. Um poeta israelita de passagem por Barcelona dá-me o contacto de uma amiga em Jerusalém que pode ajudar a encontrar casa.

Volto a Paris e entro nas livrarias judaicas do Marais. Viajo pela Ucrânia e passo um *shabat* com uma família que está metade lá, metade em Israel. Parto a 2 de agosto, com uma mala de livros e uma mala de roupa.

Jerusalém

O meu bairro chama-se Musrara. Fica encostado à Cidade Velha, na fronteira entre Jerusalém Ocidental e Jerusalém Oriental. Israel tornou a fronteira invisível mas o fosso existe, na lei internacional e na prática.

A amiga do poeta israelita ajudou-me a achar um quarto com varanda e entrada independente num velho casarão de pedra. Antes da fundação de Israel era um casarão de árabes cristãos. Depois foi ocupado por judeus pobres sefarditas, como aconteceu com todo o bairro. Musrara tornou-se mesmo a base dos Panteras

Negras sefarditas contra a discriminação asquenazita. Até que estes casarões começaram a ser cobiçados por quem tinha dinheiro e agora estão cheios de asquenazitas, judeus ultra-ortodoxos e estrangeiros.
   Eu durmo do lado israelita e atravesso a rua para o lado palestiniano. Não digo que moro em Israel. Moro em Jerusalém, o que significa morar em duas cidades. Faço a minha vida a atravessar a rua.

O meu quarto tem quatro janelas e um piano. Por cima do piano estão as obras completas de Shakespeare. Às sete e meia da manhã a aurora rebenta pelas janelas sem cortinas e sem portadas, e uma serra elétrica começa a rugir, o que é bom para não ficar na cama.
   Nos três primeiros dias a ligação ao mundo é uma odisseia. Depois de quatro lojas e oito horas ao telefone consigo fazer funcionar a internet. Descubro que não ser cidadã israelita implica *checkpoints* burocráticos inultrapassáveis. Caço aranhas e novelos de pó.
   O dono da casa está de férias, ainda não o conheço.

A israelita que me ajudou a achar o quarto chama-se Sylvia, o que me faz pensar sempre em Sylvia Plath, por ela ser poeta, loura e nascida na América. Convida-me para o primeiro *shabat* a seguir à minha chegada e faz um jantar maravilhoso, com vários convidados, no jardim.
   Um grande casarão de pedra que também já foi árabe e cristão.

Os ultra-ortodoxos cabeceiam pela rua, com os seus caracóis e a Torah na mão, como se nós não existíssemos.

Gosto de descer até à Porta de Damasco, comprar figos maduros, pão com sementes de sésamo e os jornais lá em baixo. Gosto da pedra de manhã e ao crepúsculo. Há em tudo uma dureza e uma luz ímpar. Penso nisto como uma romã que é preciso partir para chegar ao sumo. Jerusalém pede-nos que sejamos fortes.

Vou ao Neguev, a Ramallah, a Telavive, a Gaza.

Em Gaza, um colono que vai ser retirado veste uma *t-shirt* com a cara de Khadafi e o mapa dos colonatos.

Em Telavive, o veterano Uri Avnery usa um *pin* com as duas bandeiras, Israel-Palestina. A sua luta é por um só estado.

Em Ramallah, o garoto que atirava uma pedra num póster da Primeira Intifada está com 26 anos, toca viola de arco, vai tocar com Daniel Barenboim em Ramallah, e toca para mim no terraço da sua casa num campo de refugiados.

A caminho de um *kibbutz*, o Neguev é uma ondulação ocre num dia azul, não demasiado quente.

Não sei como em seis dias fui a um colonato de Gaza, a Telavive, a Ramallah e ao deserto do Neguev. Tudo isto enquanto me estava a instalar, fora os textos para o jornal e o *shabat*.

Tinha pressa. Mais que pressa, urgência. Precisava de me entregar.

Estou sentada a escrever algum desses textos quando chega uma mensagem tua a perguntar se janto contigo amanhã. Sim ou não?

Vens cobrir a retirada de Gaza, era de prever.

10 de agosto. Passo a tarde na Cidade Velha. Há uma oração de colonos contra a retirada. Uma oração-manifestação inflamada. Por coincidência, Ramzi, o violetista que tocará com Barenboim, vai dar um concerto num antigo *souk* otomano, a uma ruela de distância.

Então, ao poente, depois do concerto, com a cabeça cheia de Debussy e Mozart, deixo a Via Dolorosa, saio pela Porta de Damasco e subo ao Jerusalem Hotel para jantar contigo.

Não me lembro do reencontro. A memória começa com a conversa adiantada: que reportagens cada um pensa fazer nos próximos dias, eu isto, tu aquilo. Estamos sentados no jardim, ao calor. Tenho um vestido vermelho de alças com um lenço azul-barroco a cair do pescoço até aos joelhos. Ando em Jerusalém de braços nus mas sempre com um lenço.

Falo-te de quem conheci, do quarto que aluguei, da minha varanda. Estou sob o efeito do jasmim que tomba dos muros, da ideia prodigiosa de que moro aqui, e de que estes dias são só o princípio. O poder narcótico da cidade é um antídoto contra ti. Agora sou tua anfitriã e isso fortalece-me, acredito. Acredito até que podemos trabalhar juntos.

No dia seguinte trabalhamos juntos. Corremos Mea Shearim, o bairro de judeus ultra-ortodoxos vizinho do meu. Famílias cheias de carrinhos de bebé. Pais de canudos pendendo das orelhas, *kipah* de veludo negro, chapéu ou barrete de pelo, como se estivéssemos na Ucrânia. Mães de saias compridas, lenço atado na nuca ou peruca lisa, porque a mulher não deve perturbar a devoção do homem com os seus cabelos. Peles transpiradas, pálidas, pobres, eles e elas, uma pobreza enfeitada. E os meninos, já de *kipah*, e as meninas, princesinhas. Cruzam-se na rua, levantam os carrinhos de bebé para descer o passeio, entre casa e sinagoga. Num país que fez florir o deserto e onde o exército é um dever moral, muitos ortodoxos não trabalham e muito poucos vão à tropa. São figuras fora do consumo, mas mercadoria política, consoante a necessidade nacional.

Mêá Shárrrrrrrime. Digo o nome para dentro, com o seu r gutural. Atrás destas janelas otomanas, desta pedra dourada, destas romãzeiras, há quartos onde dormem muitos, alcovas, buracos, enxergas, a atrofia de quem nunca disse *eu*, propriedade de todos, e acima de todos Deus.

A minha vida mudou de continente mas aqui estás tu de novo, cigarrilha entre os dedos, caminhando a meu lado. Se somos amigos, não vejo razão para não te apresentar amigos, um serão com vinho e livros,

algumas voltas ao mundo. Depois, às três da manhã, estamos os dois no jardim do American Colony Hotel, a beber.
O Colony é o casarão otomano mais célebre de Jerusalém Oriental. Muros de pedra e flores, árvores que já perderam conta às guerras.
Noite de *shabat*. Amanhã a cidade vai estar deserta. Saímos a pé, subimos à Hanevim, a rua da fronteira. Não há carros, tudo em suspenso, atravessamos para Jerusalém Ocidental.
Despedimo-nos aos pés da minha escada e eu subo. Não vou dormir contigo, não quero voltar a abril. Tu ficas parado a olhar para cima, com aqueles teus olhos de cantos caídos que fecham um círculo em torno de nós.

Sonho com um túnel que não acaba, onde uns peixes gigantes se arrastam pelo chão. Peixes com asas, sem ar e sem água.

Acordo esmagada, como se o teu olhar tivesse ficado aqui a noite inteira. De repente parece-me impossível estar mais um minuto na mesma cidade que tu e não estar contigo. Subo a Salahaddin com um vestido às flores por cima de umas Levis, um lenço vermelho. A Salahaddin é a grande rua de Jerusalém Oriental e hoje é sábado, dia de tudo na rua. A cidade deserta do *shabat* ficou para trás.
    Estás no hotel, desces ao jardim, subimos ao teu quarto. Quando a porta se fecha, voam roupas e nem uma palavra. O teu sexo é um animal noturno, o teu animal noturno. Trepamos um pelo outro.

Horas depois continuamos sentados na cama. Tu encostado à parede, a fumar. Eu abraçada às pernas, muito branca. Não ouço o que dizemos. Não sobreviveu.

Dois pares de Levis, cada um se enfia no seu. Vamos jantar à Cidade Velha, ao Nafoura, com fonte e meia lua.

No dia seguinte parto para Nablus atrás de Ramzi, o violetista sobre quem estou a escrever. Um dia de viagem, para lá e para cá, entre *checkpoints*, colonatos e colinas de oliveiras que são as mais belas da Palestina.

À noite vens comer na minha varanda, queijo, tomate, azeite, pão, tu filho de Itália, eu filha da Catalunha, os dois em casa, no Mediterrâneo.

Gaza

Alugaste um carro e de manhã arrancamos para Gaza, com a estrada entupida em todas as faixas. Cozemos lentamente acima dos 40 graus, mãos húmidas uma na outra, sabor a suor na ponta da língua.

Depois deixamos o carro, atravessamos a pé o apocalipse de Erez, *checkpoint* sempre em progresso, e quando chegamos a Gaza o mar reluz ao fundo da rua. Na receção da Marna House, eu peço dois quartos, tu sorris.

— Um para não usar.

Saímos em busca de quem trabalhou 30 anos para os colonos. A praia está cristalina. Os homens mergulham de tronco nu, as mulheres vestidas de preto.

De madrugada ainda não adormecemos. Estamos nus, suados, um em cima do outro, em cima da cama, janela aberta para a paisagem de cimento com minaretes, um milhão e meio de pessoas cercadas por todos os lados. Então levanta-se a voz do primeiro *muezzin*.

— *Allah u Akbar, Allah u Akbar*

E outro, e outro.

— *Allah u Akbar, Allah u Akbar*
— *Allah u Akbar, Allah u Akbar*

Até que todo o céu é um cânone a mudar a noite em manhã.

— *Ash-hadu al-la Ilaha ill Allah*
— *Ash-hadu anna Muhammadan Rasulullaah*

O som entra pelo quarto como um encantador de serpentes, enlaça-nos. Um cântico dos cânticos só para nós. Flutuamos sobre Gaza. Somos um.

Ao fim de todos estes anos eu ficaria contigo assim amanhã.

Jerusalém

No dia seguinte o carro vai abaixo na subida para Jerusalém. Acabamos por apanhar boleia de um camionista que acha que os palestinianos são o terror.

Depois de o reboque resgatar o carro, dormimos no meu quarto alugado, aproveitando o senhorio ainda não ter voltado de férias. Quinhentos dólares por um quarto onde não posso dormir com ninguém, como se tivesse 15 anos. Mas tem a sua porta, a sua varanda, a sua escada para uma ruazinha sem carros, toda em pedra. É aí, ao começo da minha rua, que nos vemos a última vez este ano. Tenho um vestido branco muito fino, sinto todo o teu corpo quando me abraças. Peço-te para não nos escrevermos como amantes. O táxi desaparece. É verão nesta parte do mundo e eu acabo de chegar.

Sylvia leva-me a jantar em casa de uns amigos num *moshav*, essa versão agrícola de *kibbutz*. Grande mesa tosca num terraço, boa carne, bom vinho. Doce é a noite na Terra Prometida. Os mais fortes colhem os frutos.

>From: Ana Blau <anablau68@gmail.com>
>To: Léon Lannone <leonlannone@gmail.com>
>Date: Sat, Aug 20, 2005 at 6:51 PM
>Subject: Re:

Lua cheia ontem à noite entre pinheiros. Os *moshavim* comiam *coq au miel* com a Cisjordânia a seus pés, milhares de pequenas luzes no vale. Na televisão, imagens dos colonos a serem retirados ao som de Cat Power.

Ana

Se Israel chora com as imagens lancinantes de oito mil colonos ao som de Cat Power, como ousará arrancar quase meio milhão de colonos de Jerusalém Oriental e da Cisjordânia?

Ramallah

Daniel Barenboim fala aos jornalistas no *checkpoint* de Qalandiya, junto ao muro.

    Na noite seguinte, toda a orquestra West-Eastern Divan está num palco em Ramallah, 70 músicos de países inimigos diante de 700 palestinianos sentados, fora os que estão de pé. Mozart, Beethoven, Elgar, até tudo explodir em palmas e lágrimas. Noite histórica, 21 de agosto de 2005, *The Ramallah Concert*, quando os CD e DVD correrem mundo.

    Nos bastidores dou com os músicos aos abraços. Sírios e libaneses que nunca tinham convivido com um israelita antes de tocarem juntos. Israelitas que nunca vieram aqui porque Israel lhes interdita o acesso a Ramallah. Uma orquestra não faz a paz mas põe-nos a falar.

    À saída, uma americana casada com um palestiniano diz-me a chorar:

    — A última vez que ouvi esta música de Elgar foi em Nova Iorque, num concerto depois do 11 de setembro. Estava cheia de luto.

    Chora e ri.

    — Mas aqui a mesma música estava cheia de alegria.

Jerusalém

No dia seguinte, Israel dá por concluída a retirada dos colonos de Gaza. Foram-se os pequenos colonatos. Então corro os grandes colonatos da Cisjordânia e Jerusalém Oriental, cidades de betão, como Maale Adumim.

From: Ana Blau <anablau68@gmail.com>
To: Léon Lannone <leonlannone@gmail.com>
Date: Wed, Aug 24, 2005 at 3:50 PM
Subject: Re: Maale Adumim

Pela primeira vez tive uma imagem clara da irreversibilidade: a Cisjordânia cortada em duas, Jerusalém Oriental isolada, o muro até Jericó. Ninguém tem coragem de o dizer, que assim não vai acontecer um estado palestiniano nas fronteiras de 67? Recebi um SMS para uma festa: «Pós-retirada, pré-Terceira Intifada».

Uma festa muito de vez em quando. Isso e alimentar o gato do vizinho. De resto, em todas as cartas aos amigos escrevo que a minha vida é trabalho. Tu escreves que vais mudar de profissão, que te vais tornar o gato do vizinho.

E desencantas um poema de Kavafis na tradução da Yourcenar, reconhecendo que não deverias mandá--lo, mas vais mandar só desta vez:

> *Mesmo se não posso falar do meu amor*
> *se não digo nada dos teus cabelos, dos teus olhos,*
> *dos teus lábios;*
> *o teu rosto continua gravado no meu espírito*
> *o som da tua voz continua gravado na minha memória.*
> *E aqueles dias de setembro [ler agosto] que me*
> *aparecem nos sonhos*
> *dão forma e cor às minhas palavras, às minhas frases*
> *em qualquer ideia que me surja, seja qual for o assunto*

O parêntesis a substituir setembro por agosto é teu. E concluis que Kavafis certamente passou uma noite na Marna House.

Eu começo a receber *hate mail* da comunidade israelita em Barcelona.

From: Ana Blau <anablau68@gmail.com>
To: Léon Lannone <leonlannone@gmail.com>
Date: Tue, Aug 30, 2005 at 6:55 PM
Subject: Re: Maale Adumim

Duas páginas sobre Maale Adumim e já sou anti-semita. Porque digo «muro» em vez de «vedação de segurança». Porque cito o primeiro-ministro palestiniano sobre o «gueto», porque «escondo» que Israel tem um plano para uma auto-estrada que vai unir toda a Cisjordânia.

Parto para Telavive amanhã, entrevista atrás de entrevista, Ariel Sharon vs Bibi Netanyahu.

E literatura — Etgar Keret — para deixar um
pouco de fôlego aos meus leitores sionistas.

*Alguma vez, talvez, encontraremos refúgio na
realidade verdadeira.*
Entretanto posso dizer até que ponto sou contra?
(alejandra pizarnik)

Ana

Em dois versos, a Pizarnik tornou-se a tua poeta favorita, dizes.

From: Ana Blau <anablau68@gmail.com>
To: Léon Lannone <leonlannone@gmail.com>
Date: Wed, Aug 31, 2005 at 4:44 PM
Subject: Re: A lonely job

Sabes que o Etgar Keret tem uma irmã ultra-
-ortodoxa em Mea Shearim com 11 (onze) filhos,
e um irmão anarquista que fugiu para viver numa
árvore na Tailândia e se tornou o líder do partido
free-marijuana? O pai dele também fumou um
cigarro de marijuana para votar em consciência.
Venho de duas horas com ele (Keret, não o pai...)
e foi como se estivesse dentro de uma das suas
histórias. Só Israel podia produzir uma família
destas.

Nem de propósito, acabam de te entregar o último
livro de Keret para uma crítica. Lê-lo é comer um

frasco inteiro de pimenta, dizes. Não conhecias os seus antecedentes familiares, mas achas que acabará, também ele, a viver numa árvore.

From: Ana Blau <anablau68@gmail.com>
To: Léon Lannone <leonlannone@gmail.com>
Date: Fri, Sep 2, 2005 at 11:07 AM
Subject: Re: A lonely job

Hate mail goes on. Cartas ao diretor, porta-vozes da comunidade israelita oficiais e oficiosos. Tenho de voltar a nadar.

Por causa do disco que te dei em Paris, vais a um concerto dos Lambchop amanhã, dizes.

Eu vou ao concerto de Barenboim no YMCA, curiosa para o ver entre israelitas, depois de o ter visto em Ramallah. Schubert em trio, Boulez em diálogo com o público-à-Bernstein, um fragmento do *Don Giovanni*, um espetacular Mozart/Liszt para dois pianos (o outro é Lang Lang), *Grande Partita* de Mozart para acabar, com *encore* e ovação de pé.

Três homens de músculo passeiam-se pela sala durante todo o concerto, sussurrando para o interior dos seus casacos. Guarda-costas, mas não de Barenboim, de um juiz muito baixinho e aparentemente muito importante.

Cada dia gosto mais da minha rua. O cheiro, as sombras, os portões turquesa-esmeralda-azul-marinho, a pedra branco-dourado-rosa, as buganvílias fúcsia, o jasmim branco, os gatos magros, rápidos como flechas de todas as cores. Mesmo as discussões dos meus vizinhos. Mesmo os *hits* antiquados de Itzak e Iacov, os operários aqui em baixo, que cantam mais alto do que a rádio.

Falo-te de Jerusalém, de Telavive, de Gaza, da Cisjordânia, e tu falas-me de nós. Que lês o *Haaretz* e te perguntas o que estarei a escrever. Que passas diante da livraria espanhola onde compraste o Quixote e te lembras de Almagro. Que cantas Lila Downs, um disco que me deste: *Adonde quiera que voy, me acuerdo de ti. / Adonde quiera que estoy, te estoy mirando. / El viento me trae tu voz. / No hay música que oiga yo, que no me deje llorando*. Que relês os meus *e-mails*. Que pensas nas calças da tropa demasiado grandes com que fui a Gaza, no calor que fazia no engarrafamento para Gaza, nos cantos sombrios do jardim da Marna House, no meu vestido branco do último dia, em mim sem o vestido branco.

Faço-te falta, dizes. E dizes que é terrível.

Eu não digo nada.

Dois dias depois escreves de novo. Falas de ti, dos teus planos furados, de uma ida ao Qatar que incluía *smoking*, do ramerrame de Bruxelas. Voltas à promessa.

Eu continuo a falar de Jerusalém, de Telavive, de Gaza, da Cisjordânia onde andei atrás de um crime de honra em duas aldeias, uma cristã, outra muçulmana. Um rapaz da aldeia cristã engravidou uma rapariga da aldeia muçulmana. Os irmãos da rapariga obrigaram-na a beber veneno, depois foram incendiar as casas da família do rapaz. Guerras tribais no interior da Palestina, onde ainda são os *mukhtar*, os líderes comunitários, que decidem tréguas e punições.

From: Ana Blau <anablau68@gmail.com>
To: Léon Lannone <leonlannone@gmail.com>
Date: Sat, Sep 10, 2005 at 2:26 PM
Subject: Re: Mukhtar

Parto para Gaza amanhã. O que vai acontecer às sinagogas que Israel tinha prometido demolir e afinal deixou para trás, a partida dos soldados depois da partida dos colonos, tudo isso. E, espero bem, outras histórias, incluindo um *rapper*.

Tento imaginar-te de *smoking* no Qatar. Troco castelhano por hebraico com um vizinho escultor nas manhãs de *shabat*. Não me contaste nada dos Lambchop. O vocalista ainda tem um boné de beisebol? Não vai ser fácil voltar à Marna House.

Não cumpro a promessa que eu própria pedi. Para quê a última frase? Entretanto tu corres — para mudar de ar, dizes. Corrida de fundo. Não és um *sprinter*, és um maratonista.

Gaza

Catarse pós-retirada. Mal os últimos soldados saem, milhares de pessoas lançam-se aos restos deixados por Israel, para esmagar, torcer, derrubar, à paulada, com as mãos, com os pés. Os restos incluem paredes que foram sinagogas. Israel prometera demoli-las, mas à última hora resolveu abandonar o seu lixo sólido. Não era difícil imaginar o que se seguiria: imagens raivosas dos palestinianos a destruírem «sinagogas». Paredes são paredes são paredes. Para Israel já não eram sinagogas e podiam ser propaganda. Para os palestinianos de Gaza são o que sobra do ocupante, 38 anos de humilhação.

Abed, o tradutor que a Cruz Vermelha me recomendou, está atordoado. Caminhamos os dois por entre a amálgama fumegante, pedra, metal, cinzas. E na fronteira com o Egito milhares de pessoas querem passar ao mesmo tempo, entre burros carregados de cigarros, de fraldas, de leite.

From: Ana Blau <anablau68@gmail.com>
reply-to: anablau68@gmail.com
To: Léon Lannone <leonlannone@gmail.com>
Date: Wed, Sep 14, 2005 at 9:35 PM
Subject: Re: Mukhtar

Abed já não tinha espaço para tanta emoção. Nunca trabalhara como tradutor, e quando estávamos lá, no que restava dos colonatos, dizia o tempo todo: não posso crer que estou aqui, não posso crer que isto está a acontecer.

Hoje foi ao Egito com a família, depois do vaivém que vimos os dois na fronteira. É farmacêutico, pai encantado de três meninas, fala inglês, conhece gente nas ONG, tem amigos por toda a parte em Gaza, mas não políticos, não a máfia da Fatah. O carro dele é um Fiat 127 de 1971 sem cintos de segurança, vermelho-sangue, acreditas? E venceu todos os engarrafamentos, a areia, as pedras, os vidros, o caos, como um Land Rover.

Vou falar com gente que faz avançar coisas, um pintor, o *rapper* que vai dar um concerto junto à praia, a velha Umm Jaber, «mãe dos prisioneiros». A Marna House fica *wireless* amanhã, grande acontecimento. O segundo *wireless* de Gaza depois do Al Deira. Espero passar pelo menos uma meia hora lá, no terraço, em frente ao mar. Não nadei — ainda não.

Ana

Estou tão motivada que é quase vexante, dizes. E perguntas se já me disseste quanto me queres.

Jerusalém

From: Ana Blau <anablau68@gmail.com>
To: Léon Lannone <leonlannone@gmail.com>
Date: Sun, Sep 18, 2005 at 10:20 AM
Subject: Re: wireless

Domingo de combate à melancolia. Regressei ontem à noite de Gaza. Os remendos da ONU para os refugiados, *band-aids* na grande ferida. O americano que quer fazer um TGV entre Gaza e a Cisjordânia (ouviste falar de Doug Suisman, e o seu The Arc???). O concerto rave-rap-hip-hop com fãs de 13 anos tão despidas como em Telavive, toda a gente a dançar em cima das mesas. A velha Umm Jaber tão enamorada do seu marido de 90 anos, na sua casa cheia de retratos de prisioneiros adotivos. A fuga-e-retorno do Egito, à falta de uma fronteira realmente aberta. Uma hora em pé no túnel de Erez, à espera. O *hate mail* que continua. O quarto 4 da Marna House.

Abraças-me do quarto 11, em resposta.

Vou para Telavive tratar da política israelita: congresso do Likud, cisão de Ariel Sharon, anúncio de um novo partido. Enquanto isso, em Gaza, 19 pessoas morrem durante uma manifestação do Hamas. Explosão de *rockets*. O Hamas tenta culpar Israel. A análise revela que os *rockets* eram do próprio Hamas.

Um acidente que faz disparar as hostilidades: da Fatah contra o Hamas, de Israel contra Gaza.

    From: Ana Blau <anablau68@gmail.com>
    To: Léon Lannone <leonlannone@gmail.com>
    Date: Wed, Sep 28, 2005 at 8:16 AM
    Subject: Outono

    Abed escreve-me diariamente a dar notícias, a violência das explosões, o ruído dos F16 que parte os vidros e faz as crianças chorarem, o que ele conta às três filhas e o que elas contam, a divisão das pessoas depois do que aconteceu com os *rockets*, aqueles que apoiam o Hamas, aqueles que acusam o Hamas, o medo de uma guerra civil. Faz isso muito bem, sentimo-nos lá.
    Na minha varanda é o começo do outono.

Escreves que Gaza parece pior que nunca, Bruxelas mais entediante que nunca, o outono te faz pensar no inverno, o inverno na neve, a neve em Cuenca, Cuenca em mim, Jerusalém em mim, tudo em mim.

Fotografo a sala do piano do Austrian Hospice, com os seus frescos e as suas cadeiras pintadas. Mando-te as fotografias.

Nazaré

Durmo num convento com camaratas para hóspedes. Não há mais ninguém na minha camarata. O pátio tem gatos enrolados ao sol. Não acredito em Deus, mas posso acreditar em quem acredita nele. A irmã--chefe Margarida, que anda de saia e camisa a ajudar os pobres, parece-me lúcida. Como sempre me acontece nos conventos, reflicto num futuro entre as irmãs. Digo este nome como se viesse de uma fábula: Nazaré da Galileia.

Os palestinianos da Galileia continuam onde sempre estiveram. O lugar é que se tornou Israel em 1948, e portanto Israel chama-lhes árabes israelitas. Mais de 20 por cento da população, e sempre a crescer.

Vou ao encontro do velho poeta Taha Mohammed Ali, que todos os dias está na sua loja de *souvenirs*, ao lado da Basílica da Anunciação. Tem cara de gigante, pele de pergaminho e continua a escrever sobre a menina que ia buscar água ao poço da aldeia, era ele menino.

Perderam-se de vista na guerra israelo-árabe de 1947-48, quando muitas famílias palestinianas da Galileia se refugiaram no Líbano. A família dela ficou lá, a dele voltou. O Estado de Israel foi proclamado, ele passou a ser árabe israelita e ela refugiada do outro lado da fronteira. Passados anos reencontraram-se, cada um já casado. Cada um seguiu caminho, mas ele nunca deixou de escrever sobre ela. Um amor que

imortaliza a Palestina da sua aldeia, antes de Israel ter tomado conta.
 Quando fala na aldeia-agora, Taha fica com os olhos cheios de lágrimas. Não quer ir lá porque já não é o lugar real. O lugar real é o que ele escreve.
 Vou sozinha: ruínas sobre as quais os israelitas construíram um *moshav*. E mesmo ao lado os mosaicos da antiga Sephoris, o anfiteatro romano cheio de cadeiras de plástico onde os jovens israelitas hoje fazem casamentos.
 A conversa com Taha transbordou de um dia para o outro, mas em Nazaré é tudo assim.
 Logo na primeira noite encontro Daher, trineto de Daher el-Omar, o governador da Palestina que construiu as muralhas de Acre e foi mais forte que o império otomano. Daher, o trineto, tem um café. Volto todas as noites depois da primeira. Todas as noites os *wannabes*, os *misfits*, os jovens cosmopolitas um pouco perdidos, as mulheres independentes, solteiras de Nazaré, juntam-se ali, entre velhas fotografias, um piano, livros, vinho. Ali estão à vontade. Elia Suleiman costumava aparecer. Daher tem um papel em *Intervenção Divina*.

Escrevo a contar-te o convento, Taha, Daher, as velhas casas que parecem flutuar nas nuvens. E como Nazaré é triste, *kitsch* e abatida, quando saímos desse pequeno mundo.
 Sim, Nazaré é a cidade mais triste do mundo, dizes. Tens memória de um convento com um pátio

cheio de gatos. Não sabes se é o mesmo onde fiquei, mas se eu decidir fazer o meu futuro com as irmãs, virás. E escutas em *loop* uma canção que se chama *Samba Triste*, cantada por uma brasileira que tem a mesma voz que eu, dizes.

Jerusalém

From: Ana Blau <anablau68@gmail.com>
To: Léon Lannone <leonlannone@gmail.com>
Date: Sat, Oct 15, 2005 at 9:34 PM
Subject: Re: Ratatata

Não vais acreditar, mas fui a Nazaré outra vez. Ainda não estava satisfeita. E estou de novo no meu quarto, 546 autocarros depois. Há autocarros diretos de Jerusalém para lugarejos remotos com um punhado de judeus, mas não há autocarros diretos de Jerusalém para a maior cidade árabe de Israel. Então fiz Jerusalém-Haifa-Checkpost--Nazaré-Sakhnin-Nazaré-Telavive-Jerusalém.
 Tudo por causa das velhas famílias de Nazaré, os Daher, os Fahoum. Estive na Casa Palestina, um armazém com 300 anos que um marxista ainda marxista converteu em bar-café, com um Che de charuto na receção. Conheci uma Fahoum muito elegante casada com um palestiniano de Jenin. Ele está lá, com as crianças, ela em Nazaré. Ele recusa-se a viver em Israel. Ela vai e vem. Mas está impedida de o fazer há meses. Pintores italianos decoraram

os tetos da casa dela no fim do século XIX. E Daher, o descendente de Daher el-Omar, está casado com uma israelita que vive em Jerusalém, por isso também tem um bar lá. Todo um livro, Nazaré.

Compreendo agora porque é tão difícil estar muito tempo em Jerusalém, porque é preciso sair para respirar. Barcelona tem o Mediterrâneo, os barcos chegam e partem como se o mundo fosse realmente desconhecido.

Ana

Estendo a roupa ao som da Torah que os vizinhos ultra-ortodoxos entoam, enquanto se balançam no terraço do rés-do-chão. Ouço os *muezzin* e os sinos ao domingo. Tenho quase sempre a porta do quarto aberta para a varanda, para quebrar a claustrofobia. Há dias em que me sinto contra uma parede. Tento aprender a respirar de outra maneira.

Do lado israelita tudo deveria funcionar mas muito não funciona e há uma rudeza que não existe do lado palestiniano, onde tudo deveria não funcionar e muito funciona.

Quando vou comprar figos ao lado palestiniano, dão-me hortelã fresquíssima porque já me conhecem, e o menino da padaria do senhor Hazam sorri quando entro porque me conhece de todos os dias eu comprar um pão de sementes de sésamo, e ter aprendido com ele que se diz *wahad kaik* (um pão de sementes de sésamo).

Nunca mais encontrei pão tão leve e crocante. Nem aqueles grandes molhos de hortelã que soltam gotas de água e perfumam o ar só de pegarmos neles. Nem o *hummus* regado a azeite e tomilho. Nem o narguilé de maçã nas noites de sexta-feira, quando o jardim do Jerusalem Hotel se enche de amigos, casais e famílias ao som de Umm Kulthum e Fairuz, até que os primeiros rapazes se levantam para dançar, braços em arco, uns em volta dos outros.

Do lado israelita, nunca me habituei a abrir a mala sempre que entro num café ou num restaurante, onde os seguranças são sempre judeus etíopes, o pior emprego do mundo para os mais pobres do mundo judeu, porque lhes pode sempre rebentar uma bomba na cara. E lá dentro saladas luxuriantes de muitas folhas, sementes e frutas; pães escuros, artesanais; granolas torradas ao pequeno-almoço; sopa de batata-doce ao jantar; sempre uma babel de vozes demasiado altas, cheias de arestas e guturais.

De um lado e do outro come-se muito bem.

Telavive-Jaffa

Venho entrevistar Avi Mograbi, a propósito do seu último filme. Estou a especializar-me em camaratas. Pago dez euros por noite no beliche de baixo.

É um albergue na parte velha de Jaffa, entre a feira da ladra e aqueles cafés de cadeiras desirmanadas onde as mais belas crias da Terra de Israel se sentam ao fim da manhã, com as suas jubas, os seus músculos, os seus olhos de Europa arraçada de Magrebe, de Ásia Central, e óculos escuros Dolce & Gabbana.

Telavive-Jaffa. No século XIX era só Jaffa, o porto onde chegavam os imigrantes, judeus em fuga aos primeiros *pogroms*, impedidos há séculos de exercer toda uma lista de profissões, pobres em busca de uma vida ou já sionistas.

Telavive cresceu ao lado. A diáspora intelectual asquenazita fez dela uma utopia *bauhaus* temperada por árvores tropicais, um verão quase eterno, o Mediterrâneo como quintal.

Não fosse *o conflito*, e seria uma das cidades mais agradáveis do mundo. Para quem lá mora e consegue desligar *o conflito* na cabeça, é certamente a cidade mais agradável do mundo. Mas quando não estão a brigar com Israel, e mesmo quando estão, os israelitas tendem a pensar que Israel é o país mais agradável do mundo.

Ao fim da tarde vou jantar com Sylvia, que também está em Telavive. Encontro-a num daqueles *decks* cheios de restaurantes em frente ao mar. Conta-me como há 25 anos se apaixonou pelo marido em Nova Iorque. Ela era uma judia de Brooklyn, mais feminista que judia. Ele era um estudante de cinema, mais israelita que cinéfilo. Casaram em Jerusalém, Israel floria. Sylvia sentia-se uma surda-muda, com toda a gente à volta a falar hebraico. Hoje fala hebraico como toda a gente, mas continua a sentir-se estrangeira. Israel é um país de soldados até ao quarto, até à cama. Os homens são machistas e as mulheres esgadanham-se por eles, diz Sylvia. As mulheres vão ao exército e depois lutam pelo seu macho.

Jerusalém

Leio-te todos os dias antes do pequeno-almoço. Lês-
-me todos os dias depois do pequeno-almoço.

> From: Ana Blau <anablau68@gmail.com>
> To: Léon Lannone <leonlannone@gmail.com>
> Date: Sat, Oct 29, 2005 at 5:06 PM
> Subject: Re:
>
> Cortei um pouco o cabelo. Por vezes acho que é demais, por vezes acho que não é suficiente. Nunca serei zen.

Os cabelos não, Mélisande. Chamas-me doce Mélisande. Perguntas se sei como Mélisande estende os seus longos cabelos até aos pés da torre para que Pelléas possa trepar por eles, o momento mais *psi* de toda a história da ópera. E perguntas se um destes dias não nos podemos telefonar, porque morres de vontade de ouvir a minha voz.

Demoro dois dias para responder. Talvez nos tenhamos falado pelo meio, não me lembro.

> From: Ana Blau <anablau68@gmail.com>
> To: Léon Lannone <leonlannone@gmail.com>
> Date: Wed, Nov 2, 2005 at 7:47 PM
> Subject: Re: Mélisande

Escrevo-te mais tarde, agora estou a correr. Talvez já tenhas visto o artigo sobre Yitzhak Rabin, mas caso não, segue o anexo.
Hoje é a festa de fim de Ramadão, lembras-te há um ano?

Não, não tinhas visto o artigo, agradeces, foi útil. Ouviste de novo o meu disco Monteverdi-Monk-Satie-Callas. Pensaste que morrias. Se tudo correr bem vais em reportagem ao norte da Síria. Perguntas se quero que faças um desvio para me vires buscar.

Divido contigo mortes e vidas, dúvidas e erros. O que está no lugar da vida, o que nos resta de vida. Pode ser um filme de Mograbi ou o coração daquele garoto palestiniano que os pais doaram para um transplante em Israel, apesar de o garoto ter sido executado por um soldado israelita, apesar de Israel ter classificado a morte como um «incidente».
Em geral, há duas alternativas oficiais: incidente e acidente.

From: Ana Blau <anablau68@gmail.com>
To: Léon Lannone <leonlannone@gmail.com>
Date: Sun, Nov 6, 2005 at 10:49 PM
Subject: Re: Rabin

Venho de falar com a família do rapaz. O exército diz que ele tinha uma arma de plástico na mão. A família diz que ele estava de mãos vazias.

O *incidente* vai valer-me mais amigos do *hate mail*, antecipas. Acabas de entrevistar Amos Gitai. Em Bruxelas é o Verão Indiano. Pensas num vermute na praça de Almagro. Pensas em mim, estás infeliz, faço-te falta.

    From: Ana Blau <anablau68@gmail.com>
    To: Léon Lannone <leonlannone@gmail.com>
    Date: Mon, Nov 7, 2005 at 4:10 PM
    Subject: Re: Rabin

    O filme de Gitai é *Free Zone*? Ontem à noite ia à Cinemateca de Jerusalém ver *Free Zone* quando me convidaram para um festival. Mudei de rota no último momento. Viste *Avenge But One of My Two Eyes* de Mograbi? O seu último e melhor. Amanhã vou transcrever a entrevista que lhe fiz. E depois escrever sobre Arafat, um ano depois. Chove muito em Jerusalém. Tenho na cabeça frases obscuras como nozes.

    Ana

Um ano..., escreves tu.

E vê onde estou..., escrevo eu.

Telavive-Jaffa

From: Ana Blau <anablau68@gmail.com>
To: Léon Lannone <leonlannone@gmail.com>
Date: Tue, Nov 15, 2005 at 8:00 PM
Subject: Re:

Nada é tão bom como viajar. Sinto-me sempre de fora, num território flutuante. Pensei nisso no porto de Jaffa com todos aqueles barcos ontem de manhã, bela manhã, quente e preguiçosa. E aquelas fotografias antigas, aquele bricabraque, as belas casas velhas que os belos jovens judeus compram, fantasmas agora climatizados, artistas israelitas com *muezzins, hummus* e mar, e bicicletas à beira-mar, peixe grelhado, bom vinho branco, a vitória pertence-lhes.

 Dormi num pequeno quarto amarelo, feito para uma cama dupla esquecida do mundo.

Ana

Ah, o meu quarto amarelo e a sua cama dupla. Citas:

Minha doce irmã,
pensa na manhã
em que iremos, numa viagem,
amar a valer,
amar e morrer

«O convite à viagem» de Baudelaire. Não te lembravas que ainda sabias de cor o começo. O fim vais buscá-lo ao livro, e é como se tivesse sido escrito no meu quarto amarelo.

Vê sobre os canais
dormir junto aos cais
barcos de humor vagabundo;
é para atender
teu menor prazer
que eles vêm do fim do mundo.
Os sanguíneos poentes
banham as vertentes,
os canis, toda a cidade,
e em seu ouro os tece;
o mundo adormece
na tépida luz que o invade.

Lá, tudo é paz e rigor,
luxo, beleza e langor.

Vais deixar passar o *spleen* e depois contas-me o plano sírio.

Jerusalém

Para a troca mando-te um poema de Valéry Larbaud que começa assim:

> *Um dia, em Kharkov, num bairro popular*
> *(oh, essa Rússia meridional, onde todas as mulheres,*
> *com o seu manto branco sobre a cabeça, têm ar de*
> *Madonas!),*
> *eu vi uma jovem mulher voltar da fonte,*
> *trazendo, à moda de lá, como no tempo de Ovídio,*
> *duas selhas suspensas nas extremidades de um tronco*
> *em equilíbrio sobre o pescoço e os ombros.*

Depois:

> *Uma manhã, em Roterdão, sobre o cais de Boompjes*
> *(era o dia 18 de setembro de 1900, pelas oito horas),*
> *observei duas raparigas que iam para os seus ateliês;*
> *e frente a uma das grandes pontes de ferro se despediram,*
> *os seus caminhos não eram o mesmo.*

E ainda:

> *Entre Córdova e Sevilha*
> *há uma pequena estação, onde, sem razão aparente,*
> *o Sud-Express para sempre. [...]*
> *Ao som do comboio, sai um bando de garotos esfarrapados.*
> *A irmã mais velha vai à frente, chega mesmo ao pé do cais,*
> *e, sem dizer uma palavra, mas sorrindo,*
> *dança para receber moedas.*

O poeta pergunta:

> *Ó meu Deus, não será jamais possível*
> *conhecer aquela doce mulher, lá, na Pequena-Rússia,*
> *e as duas amigas de Roterdão,*
> *e a jovem mendiga da Andaluzia*
> *e ligar-me a elas*
> *numa indissolúvel amizade?*

Mas sabe que não há resposta:

> *(Ah, elas não lerão estes poemas,*
> *não conhecerão o meu nome, nem a ternura do meu*
>   *coração;*
> *e no entanto elas existem, elas vivem* agora.*)*

Aqueles que vivem agora, expressão de toda a nossa tentativa e todo o nosso fracasso, Léon, sabendo nós que nunca nos ligaremos a eles.

Então para rematar:

> *Estou triste estou triste*
> *vou ao Lapin Agile recordar a minha juventude*
>   *perdida*
> *beber uns copos*
> *e depois voltarei sozinho*

Cendrars, o fim da *Prosa do Transiberiano*.

Na época em que lias Baudelaire decidiste fazer o Transiberiano por causa de Cendrars, respondes. Estarei eu livre na próxima primavera? De resto, continuas à espera de visto para a Síria. Foi preciso responder àquela pergunta: «Já alguma vez visitou a Palestina ocupada?» Dizer «Sim» é verdade, mas põe em causa o statu quo do não-reconhecimento de Israel por parte da Síria. Dizer «Não» é mentira, e eles sabem. Respondeste não, sabendo que eles sabem que tu sabes que eles sabem. Os meus cabelos entretanto vão crescer, prevês. Vais esperar por isso.

> From: Ana Blau <anablau68@gmail.com>
> To: Léon Lannone <leonlannone@gmail.com>
> Date: Mon, Nov 21, 2005 at 11:24 AM
> Subject: Re: Cendrars
>
> Cendrars é a juventude. «Não» é a única resposta possível à pergunta síria. Dia de chuva, rostos um pouco perdidos, gatos molhados, abandonados. Cuida bem de ti.

Logo a seguir falamos ao telefone. E no *e-mail* seguinte dizes que te sentes um idiota, que o simples facto de falarmos ao telefone te perturba tanto que perdes a noção do que dizes, que tentas dizer as coisas sem as dizeres realmente, que balbucias. Se te sentes nervoso é porque o teu corpo me reclama, porque uma parte de ti mesmo te falta, porque não consegues concentrar-te, porque a minha voz, os *e-mails*, as lembranças são uma pequena música obsidiante, te fazem levantar a cabeça para avistar uma janela acesa do outro lado da rua. Estremeces de cada vez que o telemóvel apita. Por vezes é um peso opressor no peito. Por vezes um alheamento súbito que te faz partir. Tens medo que eu te tome por um marciano, de chegar como a chuva depois da colheita, é muito mais difícil recompor os teus pedaços do que pensavas, não sabes bem o que queres provocar com tudo isto, mas não consegues impedir-te de o dizer. E vais beber vinho. E cantas Brel:

> *Ami remplis mon verre*
> *car j'ai peur d'être moi.*

Vou à procura da canção e o que Brel canta é *j'ai mal d'être moi*, mas a tua versão parece-me muito melhor.

> From: Ana Blau <anablau68@gmail.com>
> To: Léon Lannone <leonlannone@gmail.com>
> Date: Wed, Nov 23, 2005 at 1:27 AM
> Subject: Re:
>
> Um marciano? É como se te conhecesse desde sempre. Algo que trago comigo, uma alegria. Gosto da ideia de que sobrevivemos a nos perder.

Falas-me do que te falta, falo-te de alegria, é verdade que sobreviveste, mas não passas disso, um sobrevivente, dizes.

Só hoje, relendo-te, apreendo toda a tua inclinação dramática.

From: Ana Blau <anablau68@gmail.com>
To: Léon Lannone <leonlannone@gmail.com>
Date: Wed, Nov 23, 2005 at 10:52 AM
Subject: Re:

Quando digo que sobrevivemos a nos perder, quero dizer que estamos depois disso. É o que me dá alegria. Porque houve um tempo mudo, entre a primavera e o verão. Todas as tuas palavras encontram ressonância aqui, mas não quero enfiar-me outra vez num lugar sem saída.

Se não nos perdemos, porque não pensas noutra coisa que não reencontrar-me?, perguntas. Invejas as paredes do meu quarto, invejas toda a gente com que me cruzo, até os pequenos gatos molhados de Jerusalém que me veem passar, em passo de guerrilheira.

From: Ana Blau <anablau68@gmail.com>
To: Léon Lannone <leonlannone@gmail.com>
Date: Thu, Nov 24, 2005 at 10:33 AM
Subject: Re: Wagner

Bom dia wagneriano. Imaginas-me numa vida de aventura, mas é possível que eu encontre mais gatos molhados do que gente. Trabalho sempre sozinha, a não ser em Gaza, quando tenho Abed como guia. Além das reportagens, há duas ou três pessoas que vejo em Jerusalém, e nenhuma é jornalista. Passo muito tempo falando comigo mesma, fazendo pequenas viagens de autocarro. Há segundos que parecem concentrar todo o tempo, pequenas iluminações. Há túneis obscuros. Não é uma festa. Por vezes é aborrecido, por vezes desesperante, e depois maravilho-me uma vez mais com a maravilha de estar aqui. Ou seja, não muito diferente da vida em geral. Talvez nós dois tenhamos sobrevivido também a isso, a não nos fatigarmos.

Ana

Exagero sobre a minha vida, tens a certeza. E não tens ciúmes porque me cruzo com pessoas, tens ciúmes das pessoas que *me* cruzam. Quantas não me terão já visto de cabelo curto?

Gaza

From: Ana Blau <anablau68@gmail.com>
To: Léon Lannone <leonlannone@gmail.com>
Date: Sat, Nov 26, 2005 at 7:52 AM
Subject: Re:

Não há aborrecimento, é verdade, mas as outras coisas negras sim. Nestes dias antes de vir para Gaza senti necessidade de quebrar qualquer coisa para te libertar. Em agosto parecias-me mais tranquilo, mais em paz com a tua vida. Mantenho um diálogo contigo na minha cabeça, mas não sei o que é melhor. Tu sabes?

Gaza está sem água. Os meus cabelos não estão curtos. Também eu queria encontrar pretextos para te ver.

Só então descubro que aquela canção em que julguei ouvir *You provide the bourbon, I provide the skin* não diz exatamente isso. Mas, tal como o teu Brel, prefiro a minha versão.

E aos altos e baixos chegamos a dezembro.

Jerusalém

From: Ana Blau <anablau68@gmail.com>
To: Léon Lannone <leonlannone@gmail.com>
Date: Thu, Dec 1, 2005 at 8:04 PM
Subject: men aiuni

Venho de Ramallah, do gabinete do teu amigo da Fatah, lembras-te? Continua o mesmo que encontrámos há um ano: as tacinhas de café por toda a parte, os seguranças quase adormecidos, os homens com o seu maço de tabaco, as avós de cabeça coberta, à espera. Ele tentou dar conta de tudo, de responder ao telemóvel, de não se zangar com as más notícias de Gaza, estava com

dores de dentes, não tinha comido nada todo o
dia, e mesmo assim foi muito simpático.

Ontem fui a um leilão de arte palestiniana organizado pela ONU. Artistas nascidos nos anos 60, 70, 80. A maior parte deles jamais saiu da Cisjordânia, nunca viu museus. E é uma pequena história da pintura do século xx, aqui Gauguin, ali Kandinsky, aqui Picasso, ali Miró.

Amanhã parto para o Neguev, um festival de poesia israelita no qual serei a única que não entenderá nada. Apenas as vozes, apenas as caras, separadas do que dizem.

A primavera voltou.
Men aiuni

Ana

Que quer dizer *men aiuni*?, perguntas.

From: Ana Blau <anablau68@gmail.com>
To: Léon Lannone <leonlannone@gmail.com>
Date: Fri, Dec 2, 2005 at 6:26 AM
Subject: Re: men aiuni

Encontrei um estudante que trabalha no restaurante do Jerusalem Hotel e me dá aulas de árabe três vezes por semana, de manhã cedo, lá no jardim. Não uma coisa sistemática, apenas para poder falar um pouco com as pessoas. *Men aiuni* quer dizer: dos meus olhos. Quando alguém te pede qualquer coisa e tu queres mais que simplesmente dar, queres dizer que é com a tua alma que dás, ou quando dizes algo e queres dizer que é da tua alma que o dizes, então dizes *men aiuni*. Entretanto o meu hebraico não avançou nada.

Bom fim-de-semana na neve.

Bom fim-de-semana nas dunas do Neguev, e *fustaanek hilu*, escreves. Nas minhas aulas matinais ainda não aprendi o que quer dizer *fustaanek hilu*.

Neguev

Parto com Sylvia e o marido, de carro. Memória de uma viagem nas costas de um casal que já não se entende, deserto a passar na janela, cada vez mais para sul.

O festival de poesia acontece em Sde Boker, planalto onde David Ben Gurion escolheu ficar enterrado. Fica frente a um abismo de infindáveis montanhas cor de pó, como se o mundo povoado acabasse aqui. Amos Oz e algumas dezenas de poetas estão a chegar.

Durante quatro dias não te escrevo.

Os meus silêncios são uma ferida, dizes.

From: Ana Blau <anablau68@gmail.com>
To: Léon Lannone <leonlannone@gmail.com>
Date: Tue, Dec 6, 2005 at 10:12 PM
Subject: Sde Boker

Lá em baixo, no deserto, havia animais selvagens com grandes cornos e sem medo. O céu estava quase vermelho-fogo, depois cheio de estrelas. Quantas dezenas de milhares de beduínos atravessaram estes vales para se acharem agora em tendas negras, na mais triste sedentarização? De vez em quando cruzava-me com poetas perdidos à beira do abismo. Eram muitos, com todas aquelas pequenas misérias humanas, uma caricatura de diz-que-diz, pequenas invejas, pequenas alegrias. Crianças ansiosas, solitárias, de partir o coração.

Conheci jovens de Telavive que fazem performances, e não-tão-jovens-assim de Jerusalém que encontraram um espaço ao lado do mercado de Mahane Yehuda, onde organizam *soirées*. Por exemplo, quinta-feira próxima sobre Alejandra Pizarnik, lembras-te? E encontram-se na Tmol Shilshom, uma livraria-café ali perto. Nos meus sonhos de Jerusalém havia uma livraria assim, mas até agora era secreta.

Vou tentar traduzir um poema do hebraico com o autor. Claro, ele não fala catalão. Pensando no meu hebraico de cinco palavras, na melhor das hipóteses vai ser um novo poema.

Ana

Jerusalém

Durante dois dias não dizes nada. Na manhã do terceiro dia envio-te novo *e-mail*.

From: Ana Blau <anablau68@gmail.com>
To: Léon Lannone <leonlannone@gmail.com>
Date: Fri, Dec 9, 2005 at 8:13 AM

Magnífico, o teu trabalho na conferência sobre o Médio Oriente. Escrevi-te há dois dias, espero que tenhas recebido. Inquieto-me sempre.

Respondes ao fim da tarde. Falas da conferência, o pequeno jogo dos diplomatas, a vacuidade de tudo aquilo. Passaste dois dias a seguir Robert Fisk, que acaba de publicar a sua megamemória de mil páginas. Enfim deram-te o visto para a Síria, mas com tudo o que foi preciso revolver esperas que o Leão de Damasco, ele mesmo, esteja à tua espera no aeroporto de Alepo.

Pedes que não me inquiete. Que, sim, cada mensagem reabre uma ferida, sem falar de todo o sal que ainda deitas por cima ao verificar o gmail 200 vezes por dia. Sem falar na melancolia e no ciúme que te paralisa quando há uma mensagem ou quando não há, quando pensas no meu sorriso, quando te lembras de mim diante de ti. Mas qual é a alternativa?, perguntas. Não queres pensar na ideia de que nos podemos afastar. Acabas a falar do Natal em Jerusalém, que terá outra espécie de recolhimento, sem a histeria dos presentes. Mas antes ainda adorarias fazer um jantar para o meu aniversário.

From: Ana Blau <anablau68@gmail.com>
To: Léon Lannone <leonlannone@gmail.com>
Date: Fri, Dec 9, 2005 at 8:39 PM
Subject: Re:

Finalmente Alepo! Vai ser uma lufada de ar. Quase comprei o Fisk hoje, na livraria da Salahadin, depois do meu café expresso de todas as manhãs. Desisti porque só tinham o *hard-cover*, muito pesado.

Um editor enviou-me uma proposta para um livro de reportagem com enquadramento histórico. Mas o livro que quero escrever é outro.

Inquieto-me quando pareces em sofrimento, e porque tenho medo de mim. Não posso voltar a querer o que não depende de mim. E quero ser surpreendida, apaixonar-me, ter um filho.

Que eu escreva esse livro, respondes, abrupto. O fim do meu *e-mail* é um golpe violento, mas não me queres mal por isso, tens de o saber aceitar.

From: Ana Blau <anablau68@gmail.com>
To: Léon Lannone <leonlannone@gmail.com>
Date: Sat, Dec 10, 2005 at 1:52 PM
Subject: Re:

Golpe violento? Não, golpe violento foi o mês da tua busca e a sua conclusão, há nove meses. Quando nos reencontrámos em agosto, o meu medo foi que tudo recomeçasse. A ideia de um sofrimento parecido com o que senti em Barcelona em abril, aqui, sem os meus amigos, incapaz de trabalhar, seria impossível. Por isso te pedi para não voltarmos a esse lugar, porque a conclusão foi que não tinha saída. Agora, há meses que nos escrevemos. Mas cada vez que, como dizes, estás em baixo, tenho medo por ti e por mim. Não estás livre: é preciso que eu olhe isso de frente. Aquilo a que chamas golpe violento é uma vontade de viver. Quero-te, não te posso ter, aceito isso e tenho muita vontade de viver.

Ana

Vários *e-mails* depois, propões um remate: queres-me; odeias-te se o disseres; odeias-te se não o disseres; odeias-te porque vais para Alepo em vez de Jerusalém.

From: Ana Blau <anablau68@gmail.com>
To: Léon Lannone <leonlannone@gmail.com>
Date: Sun, Dec 11, 2005 at 8:03 PM
Subject: Re: Mal-entendido

O meu professor de árabe diz que *fustaanek hilu* quer dizer: o teu vestido é bonito (?!). Este dezembro é primavera no Médio Oriente. Sol para a tua viagem.

Depois lembro-me que já terás partido e envio-te um SMS que te apanha no aeroporto de Alepo. Mas por alguma razão durante três dias continuas a receber o mesmo SMS a cada cinco minutos. A polícia secreta síria já afia as facas, dizes. Quando saíres do país poderão sempre concluir que és um espião, visto que não paras de receber mensagens em código do inimigo sionista. Pensarei em ti quando estiveres na prisão? Mobilizarei a opinião pública mundial? Irei ver-te?

Enquanto isso, passas o teu tempo nas confrarias sufis, a balançar como um místico em transe, no meio de barbudos e tamborins. O primeiro chamamento do *muezzin* lembra tanto a nossa noite sem sono em Gaza que não adormeces. Falta alguém, dizes. Falto eu.

From: Ana Blau <anablau68@gmail.com>
To: Léon Lannone <leonlannone@gmail.com>
Date: Thu, Dec 15, 2005 at 9:53 PM
Subject: Re: Mal-entendido

Horror!!!! Esqueci-me de que estou no inimigo. Mas porque é que te enviei esse SMS?! E porque é que o recebes a cada cinco minutos???! Se te prenderem, escapo-me através dos Golã para te libertar.

Não te prenderam e nunca cheguei a aproximar-me dos Golã, esse pedaço de Síria ocupada de onde vêm as melhores maçãs dos mercados israelitas. Vais-me escrevendo umas linhas cautelosas do *hall* do teu hotel, sempre sob o olhar do Leão de Damasco, mas perdes a cabeça a comprar antiguidades que não podem sair do país, e no momento de correres para o voo de volta a tua bagagem tilinta com quilos de metal, incluindo um espeto com que os sufis trespassavam o corpo. O comandante do avião tem de intervir para te libertar, enquanto 200 passageiros esperam a bordo. Não é o teu momento mais discreto. Fora isso, queres saber quando nos vemos.

Ramallah

No dia em que faço 37 anos escrevo das 6h30 da manhã às 6h30 da tarde, agarro na mochila e corro para o *checkpoint* de Qalandiya. Combinei jantar em Ramallah, convém conseguir chegar lá. Mas o *checkpoint* está fechado porque um soldado foi apunhalado há dias. Então apanho uma carrinha quase vazia e deambulo duas horas pelas montanhas, à volta do muro, tentando entrar em Ramallah. Quando finalmente consigo é noite escura e estou exausta. Uma mesa com 15 músicos, dos quais conheço dois. Bolo-surpresa e vinho. Durmo na casa de Ramzi, com vários dos comensais, cada um no seu colchão, tudo muito decente.

De manhã, os músicos voltam a juntar-se na escola para ensaiar Bach, Corelli, Vivaldi. Ouço-os sentada no terraço, ao sol morno de dezembro, com vista para a mesquita e a ruína dos refugiados, na parte mais velha de Ramallah.

Volto a Jerusalém à tarde. O *checkpoint* está parcialmente aberto, com longas filas e soldados especialmente ríspidos, obrigando toda a gente a tirar tudo das malas e a mostrar cada objeto. Quando chega a minha vez, um soldado aponta-me a arma aos olhos. Começamos uma luta, eu a gritar para que ele baixe a arma e ele a gritar que vou ser levada de volta a Ramallah, como se eu fosse propriedade deles.

Belém

O inverno endurece. Frio, chuva, escuro. Vou escrever sobre o Natal em Belém, e calha conhecer um israelita que também quer ir a Belém na véspera de Natal, então vamos os dois no velho carro dele, a ouvir *As Bodas de Fígaro*.

É um daqueles israelitas que andam pelas montanhas de Chiapas à procura da revolução de

Zapata: jovem, alto, barbudo, gorro de lã com uma borla e abas caídas sobre as orelhas. Traz a sua máquina fotográfica. Está a fazer um trabalho sobre *o conflito*.

O muro à volta de Belém acaba de ficar completo: duas torres de controle, oito metros de betão de um lado e do outro, a imagem perfeita de um gueto. Não basta saber que existe, é preciso ver. Isto é possível agora, depois de todo o século xx.

Alugamos um quarto com duas camas num daqueles albergues de peregrinos, perto da Basílica da Natividade, e cada um vai à sua vida. Partilha de despesas, nem por isso de interesses.

Entrevisto famílias cristãs com quase 300 anos de Belém que preparam pernas de carneiro e doces para o primeiro Natal com muro. Entrevisto jovens *bloggers* que todos os dias tentam quebrar o muro.

Belém está enlameada, metida para dentro.

A primeira vez que aqui estive foi na primavera de 2002, durante o cerco à Basílica. Militantes palestinianos armados tinham-se refugiado lá dentro no momento em que o exército israelita invadiu Belém. Quando cheguei era uma cidade de portas e janelas trancadas, ao som de tanques e tiroteios. Jornalistas de todo o mundo amontoavam-se nos degraus que descem para a praça da Basílica, incluindo a única-repórter-israelita-residente-nos-territórios--palestinianos, a incansável Amira Hass. Aí conheci quase todos os repórteres que depois fui reencontrando ao longo dos anos, como a Grande Borboleta do Médio Oriente, com os seus filmes à cintura. Mas mesmo de ruas desertas Belém não parecia tão triste. Talvez fosse do sol na pedra, de o centro do mundo ser ali, de tudo ser novo para mim. Quando o cerco acabou, a cidade celebrou o primeiro domingo, na subterrânea Gruta do Leite, onde os cristãos creem que Jesus foi amamentado.

Três anos e meio depois, há um muro em volta, um cerco vitalício, e isso já não é notícia.

Vinte e quatro de dezembro, meia-noite, tanto frio que há previsões de neve. Por enquanto só chove torrencialmente. A Missa do Galo transborda na Basílica da Natividade. Espero com o jovem zapa--israelita na fila à chuva, mas quando chega a nossa vez a segurança empurra-nos para a saída por engano, e é um tumulto até nos fazerem entrar de novo. O Patriarca lê a homilia em várias línguas. Várias pessoas dormem.

A celebração termina à uma e meia. Segue-se a procissão do Bebé Jesus de porcelana até à Gruta do Leite. E depois vou parar a uma discoteca chamada Cosmos com um grupo de voluntários internacionais e palestinianos. Flamenco, música árabe, rap e *disco sound*, até às cinco da manhã.

Jerusalém

Durante os dias de Natal não trocamos *e-mails*, falamos ao telefone. Depois perguntas se tenho algo previsto para a noite de 18 de janeiro. É que caso esteja livre convidas-me para jantar.

Vens cobrir as eleições gerais palestinianas, marcadas para dia 25.

From: Ana Blau <anablau68@gmail.com>
To: Léon Lannone <leonlannone@gmail.com>
Date: Wed, Dec 28, 2005 at 6:25 PM
Subject: Re: oh la la

TRÊS HURRAS para esse grande jornal belga!!!

Os teus desejos para 2006: que eu aprenda a fazer *hummus*, reencontre a casa da Gràcia, guarde o jardim que tenho ao fundo dos olhos, deixe crescer os cabelos, continue como sou. Vais escrever para a montanha durante alguns dias. Neva em Bruxelas como se fosse Minsk. Não vês nenhuma razão para isso, mas a neve, também ela, faz-te pensar em mim. Tens um medo, desapontar-me, fora isso alegras-te muito.

Medo de me desapontar: hoje leio isso como um aviso para não esperar demais. Mas no fim de 2005 estou no jardim do Jerusalem Hotel à espera de mesa, vou até à escada onde pela primeira vez nos vimos e fico ali a pensar como a intimidade entre duas pessoas pode ser anterior ao encontro delas. O teu olhar é lúcido mas nunca cínico. Não tens ilusões e tens paixão, foi essa necessidade que me arrebatou. Então respondo que também eu quero belas coisas para ti em 2006. Que te tornes aventureiro--arqueólogo e venças o Leão de Damasco. Que aprendas guitarra flamenca. Que mantenhas o teu segredo.

2006

Forgive me, O eternal ones,
for disturbing you with our history
repeating itself

Agi Mishol

Jerusalém

Entreguei-me ao lugar mas não basta.
O poeta israelita que conheci no deserto fez reserva militar em Gaza. Tem uma cabeça delicada, olhos bizantinos, cabelo negro, pequenos óculos. Parece feito para ler e escrever e no entanto passou três anos de arma em riste, e todos os anos volta a isso, como reservista, como todos os israelitas. Talvez tenha tido na sua mira alguém que conheço, talvez tenha matado. Não é a favor mas não tem sido contra. Não sei o que resta disso quando volta a casa. É isso que me interessa. Encontramo-nos um fim de tarde na livraria Tmol Shishom para traduzir o poema de hebraico para catalão. Se não fosse casado dormiria com ele.
Decifra-me ou devoro-te, diz a esfinge. Devora-me e decifro-te.

Depois em Ramallah encontro um fotógrafo americano, filho de palestinianos exilados nos Estados Unidos, barba e cabeleira revolta, nariz em gancho. Tem cara de árabe e velocidade de americano. Calcorreou tudo, da Galileia a Gaza, conhece os pescadores, os artistas, os contadores da história. Voltamos juntos para Jerusalém a conversar sobre os poemas de Taha Muhammed Ali. Ficamos aos pés da minha escada debaixo da lua. Por um momento balanço, depois subo sozinha. Quero que me apeteça, mas não me apetece.

Não vai bastar — o lugar, ou seja quem for.

E ainda há aquele judeu francês que conheço a 2 de janeiro no Paradiso, o nosso restaurante. Estou a trabalhar na mesa ao lado quando ele começa a falar comigo. Foi ver as ruínas de Duíno por causa de Rilke. Tem duas vezes a minha idade e passa sempre o inverno em Jerusalém. Está a escrever sobre o Holocausto do ponto de vista de um colaborador. Jantamos outra vez no dia seguinte. Ele conta-me histórias da Guerra Fria, penso que talvez tenha sido espião, e é o mais longe que vou.

Dia 4, o buldôzer Ariel Sharon tem um colapso e entra em coma. Isto acontece exatamente na manhã gelada em que o meu senhorio resolve que estou a consumir demasiada água quente, até porque acabo de pagar a renda do mês que agora começa, o último que aqui vou ficar, e portanto ele não tem nada a perder em discutir comigo.

    Eu tenho gripe e não tenho tempo para discutir mais. Israel está em pré-luto nacional, o que significa vários textos para a edição do dia. Uma hora para arrumar cinco meses de vida, duas malas e o que sobrar é lixo.

Sylvia oferece-me um quarto em sua casa, mas está a separar-se do marido, não é boa altura. Alguém me fala num hotelzinho no bairro de Abu Tor. Acerto um preço, acampo sem desfazer as malas, e a partir daí serão dias a escrever sobre o suspense Sharon, e como isso vai afetar o Médio Oriente.

From: Ana Blau <anablau68@gmail.com>
To: Léon Lannone <leonlannone@gmail.com>
Date: Sat, Jan 7, 2006 at 11:07 AM
Subject: Re: Sharon

Vens mais cedo? Quais são os teus planos? Saí do meu quarto, situação insustentável. No meio deste caos político, parti com toda a bagagem, chuva e gripe. Mas estou aliviada, e agora está sol. Logo te contarei.

Perguntas onde estou, que se passa, se podes telefonar.

From: Ana Blau <anablau68@gmail.com>
To: Léon Lannone <leonlannone@gmail.com>
Date: Tue, Jan 10, 2006 at 8:52 PM
Subject: Re: Sharon

A situação com o senhorio ficou insustentável. Ah, o problema do acesso à água quente, etc. Não quero aborrecer-te com detalhes. Perdi todo o dinheiro de janeiro, e ainda estou a pagar este hotel perto da estrada para Belém. Tentei o

teu Meridian, mas era muito caro por um mês,
e não tenho coragem de falar com o Jerusalem
Hotel, o diretor é sempre muito simpático comigo, eu não queria um preço especial por causa
disso. Não te inquietes, falaremos. Claro que podes telefonar quando quiseres.

Toda a gente espera a morte de Sharon, mas a morte,
ela mesma, espera alguma coisa. Enquanto esperamos
percorro a Cisjordânia, de Jenin a Hebron, sob chuva
forte. A herança do buldôzer vista de lá: um território
tão estilhaçado pelos colonos como um arquipélago
com milhares de ilhas.

Não consegues antecipar a viagem, mas tens pressa de
me ver, tens pressa de me ver, tens pressa de me ver.

From: Ana Blau <anablau68@gmail.com>
To: Léon Lannone <leonlannone@gmail.com>
Date: Sat, Jan 14, 2006 at 12:05 PM
Subject: Re: Jenin

Falei hoje com o Abed em Gaza. Talvez seja o lugar para estar no dia das eleições. Em todo o caso
teremos de ir lá durante a campanha. Falei-lhe de
ti, e ele disse que também és muito bem-vindo
em sua casa.

Bonne nuit, ma douce. O francês é imbatível nisto.
E passada uma hora escreves que não consegues dormir se eu não te enviar uma palavra.

From: Ana Blau <anablau68@gmail.com>
To: Léon Lannone <leonlannone@gmail.com>
Date: Tue, Jan 17, 2006 at 7:25 AM
Subject: Re:

Nem sempre tenho net, agora. Estarás aqui amanhã, não? Onde vais ficar? Fui ao Neguev entrevistar o Amos Oz e hoje estarei todo o dia num café a escrever a entrevista. Tenho o telemóvel comigo.

No dia seguinte ao fim da tarde envias um SMS do Christmas, o hotelzinho ao lado do Meridian, a dizer que acabas de chegar. Respondo que estarei à tua espera no bar de Daher, o nazareno.
É uma gruta de Alibabá, cheia de recantos com almofadões, mesas orientais, brilho de tecidos e de metal. Quando chego não há ninguém. Um cenário só para nós, ao fim de cinco meses.
Chegas de casacão, nariz gelado, aquela luz azul-indigo. Cruzamos as pernas em cima de tapetes. Não me lembro se te estendo a mão mas não nos beijamos. Estou obcecada em não voltar a um beco. Sorrio por nós os dois. Tu sorris como quem tateia. Tiras um livro da mochila, *D'ici là*, John Berger traduzido em francês pela própria filha, prenda para mim. Falamos e falamos, num lusco-fusco de velas. O tempo reencontrado.
Depois acompanhas-me a casa, aos pés da escada, e ficas lá em baixo até que eu feche a porta.

Ramallah

No dia seguinte vamos juntos a uma manifestação. Tenho uma fotografia da tua cara contra um céu de inverno, bandeiras por trás, toda a expectativa. Sempre que olho para ela penso que te teria seguido até ao fim.

Jerusalém

As carrinhas que vêm de Ramallah param mesmo em frente ao Jerusalem Hotel, então no regresso jantamos lá, no jardim. Está tanto frio que todos os aquecedores estão acesos e mesmo assim continuamos de casaco.

Bebemos vinho até o vinho acabar. Falamos de Ramallah, de Nablus, de Gaza, até a Palestina acabar. Debatemo-nos, estamos pálidos, porque não?, insistes tu-e-os-teus-olhos. Eu estou muda, paralisada, caem-me lágrimas. Somos os últimos, e só saímos quando se torna embaraçoso ficar mais tempo, porque os empregados já inventaram tudo o que podiam para fazer de conta que ainda não é tarde.

A minha alegria é maior que o meu medo mas o medo está lá, medo de voltar a abril, medo de não ser escolhida, medo de ver o teu medo de seres tu, como na tua versão de Brel.

Acompanhas-me aos pés da escada. Eu despeço--me e subo.

Sei que passa da uma da manhã, porque à 1h37 recebo um SMS teu a dizer que vagueias pela Cidade Velha e estás triste.

Nablus

Subimos a Palestina de táxi coletivo em táxi coletivo, balançando entre as montanhas até Nablus. Primeiro entrevistamos um jovem da ala armada da Fatah, depois um velho socialista ateu. Percorremos o labirinto da Cidade Velha, o banho otomano onde aquele poeta israelita amigo da Sylvia uma vez se apaixonou por um palestiniano. Em 2002 vi estas abóbadas de há séculos rebentadas por obuses israelitas. O restauro resultou, quase não se nota.

No regresso, uma fila de horas num *checkpoint*. Vagueamos ao longo dos carros parados, um cigarro e uma cigarrilha contra o anoitecer, prazer só de estarmos juntos.

Jerusalém

Não janto contigo, vou escrever, mas prometo aparecer no teu hotel na manhã seguinte, sábado, para tomarmos o pequeno-almoço.

Apareço com as minhas Levis, a camisola verde israelita que até hoje não ficou velha, um interminável cachecol várias vezes enrolado no pescoço. Ovos mexidos, pão fresco e fruta no salão do Christmas. Depois café, cada um no seu sofá, fitos um no outro. Até que me levanto de um salto, aterro ao teu lado e abraças-me como se respirássemos no último segundo.

Horas no teu quarto, por tudo o que não aconteceu e por tudo o que pode não acontecer mais.

Mesmo no inverno, a pele do teu corpo é morena. Continuas a cheirar a sabonete, macio e a cheirar a sabonete, com um sexo grande e macio e a cheirar a sabonete mesmo quando tenho a cara entre as tuas pernas, e a cabeça do teu sexo pulsa para a frente. O teu esperma é leve, só ligeiramente acre. A tua cara aparece e desaparece. Nem sempre nos vemos, talvez nem sempre tenhamos nome. Às vezes és só um quadril com um sexo, pelos de um louro escuro por cima. Ou uma boca no meu sexo, caracóis grisalhos entre os meus dedos. Uma boca, uma língua, dentes na minha boca, na minha língua, dentes contra dentes. Uma mão no meu pescoço, dobrando-me para trás, para a frente. Uma mão que me agarra pelo cabelo como a um bicho. Duas mãos que me puxam para um corpo por trás do meu. E não sei quem sou nem sei quem és. Depois volto-me na cama, abro os olhos, a tua cara está lá no alto, entre os meus tornozelos, afogueada. Encostas o tronco às minhas pernas, o teu sexo entra de um golpe, eu rodo e rodo com ele dentro, mas os nossos olhos estão fixos, cada vez mais desesperados, como se tudo o que o corpo faz para chegar perto nunca chegasse.

Partimos para Hebron. Um comício do Hamas, transbordante, eufórico. Voltamos ao fim da tarde, já escuro. Cada um vai para o seu hotel escrever. Quando entro no quarto o computador desapareceu. O meu portátil com cinco meses de textos e fotografias, para além de tudo o que já trazia. Telefono-te em pânico, tentas acalmar-me, tens um diplomata belga à tua espera. Reviro o quarto, falo com os empregados, o rececionista: uma indiferença letárgica. Vem a polícia, não interroga ninguém, sugere que eu apresente queixa.
  Amanhã tenho de ir para Gaza. Quarta-feira toda a Palestina vota. Vou ter de escrever diariamente. Como? E tudo o que perdi, milhares de fotografias, de documentos, como?
  Acompanho os polícias à esquadra. Celas com uma grelha à altura dos olhos. Gabinetes atulhados de papéis. Uma mulher impaciente a despachar perguntas. Não se trata de um crime que tire o sono à polícia israelita, convenhamos.
  Estou a preencher um formulário quando me ligas, depois do teu encontro.
  — Queres que vá ter contigo? — perguntas.
  Até hoje ouço essa pergunta. Talvez não a tenhas feito em tom casual, mas eu ouço-a em tom casual, como se não estivesse a acontecer nada de mais. Não dizes que vens ter comigo, perguntas. E como perguntas respondo que não, que não é preciso. Nem me lembro se insistes, já não te ouço realmente, de repente estás muito longe.

São 11 da noite, estou numa esquadra em Israel e todas as minhas coisas nesta parte do mundo estão num quarto de onde a coisa mais importante foi roubada e onde não vou querer dormir mais, sendo que amanhã viajo, terei de pôr tudo em algum lado enquanto estiver em Gaza. Claro que me consigo desembaraçar, mas claro que queria que estivesses comigo. Em cinco meses nunca me senti tão sozinha.

Mesmo depois de reler as tuas cartas, de ver o teu desejo, a tua angústia, sempre que me lembro da noite na esquadra ainda dói.
E no dia seguinte fui contigo para Gaza sem discutir.

Gaza

Campanha: Hamas vs Fatah, comícios, marchas, sessões, um frenesim. As pessoas estão cansadas da Autoridade Palestiniana, da corrupção, da incompetência, da ocupação, e a Autoridade Palestiniana é a Fatah. O Hamas capitaliza a falta de qualidade alheia e rentabiliza as qualidades próprias: parcimónia, organização, assistencialismo.
Só quem não quer ver será surpreendido.

Corremos Gaza de norte a sul no Fiat 127 vermelho do Abed, eu à frente, tu atrás, bananas e goiabas de merenda, e à noite ele deixa-nos na Marna House. A casa que comprou ainda não lhe foi entregue, está com a família numa casa emprestada, por isso afinal não te pode alojar, os vizinhos talvez não encarassem bem um homem estranho. Então instalamo-nos os dois na Marna House, mas desta vez pedimos só um quarto.

Escrevo no computador pré-histórico da receção, em luta para que o teclado não mude constantemente para árabe, até que no dia seguinte o porta-voz da Cruz Vermelha me empresta um portátil. A partir daí, todos os fins de tarde escrevemos lado a lado no restaurante da Marna House, eu, tu e muito tabaco.

À noite, no quarto, não abrimos a janela como em agosto porque está demasiado frio, mas quando não estamos agarrados em cima da cama, estamos agarrados dentro da cama, nus e agarrados como fugitivos.

No dia das eleições há filas desde manhã cedo à porta das escolas. É um dia alegre, povoado, sem nenhum incidente. Eleições livres e democráticas, confirmam os observadores internacionais. Depois, faz-se a contagem, e de manhã os observadores internacionais entram em choque: o Hamas ganhou. Pela primeira vez, é o grande vencedor em todos os territórios palestinianos.

Começa o tumulto, de Telavive à União Europeia: claro que os palestinianos têm direito a eleições livres, mas ninguém esperava *este* resultado. E *ninguém* são eles, de Telavive à União Europeia.

Os apoiantes da Fatah estão aturdidos. O céu está como se fosse explodir. Dentro de um ano e meio explodirá mesmo, com um governo para cada lado, Fatah na Cisjordânia, Hamas em Gaza, a divisão que os palestinianos sempre juraram que não ia acontecer, e Israel levará a taça de mais uma vitória, como se todos não estivessem a perder, apenas uns mais lentamente do que os outros.

Jerusalém

Voltamos de Gaza dois dias após a eleição. Falta pouco para a minha partida, portanto alojo-me no Jerusalem Hotel. Tens voo no dia seguinte para Bruxelas. Talvez dentro de algumas semanas possamos coincidir de novo aqui, nas eleições israelitas. Decidimos jantar no American Colony para a despedida.

    É uma sequência nítida. Estamos quase sozinhos no restaurante, talvez por ser inverno, talvez por ser tarde. Peço um *risotto* que vai durar horas no meu prato, certamente mais do que o vinho.

    Pela primeira vez falas-me da tua casa em Bruxelas. De como demoraste a escolher o bairro, a rua, a casa. De como tu mesmo assentaste o soalho ao longo de semanas. De como fizeste a grande estante da sala e a pintaste de verde. Não falas da tua mulher, quase não falas dos teus filhos, mas tudo isso fala de um amor muito mais antigo do que nós. És o nómada que acende o fogo, o caçador que alimenta as crias, o camponês que molda as paredes, o índio, o africano, o esquimó. Um procriador.

E falas dos teus pais. Vieram de uma aldeia aos pés do Vesúvio. Serviram os ricos, de Positano a Capri.

O teu pai era *pasticero*, não um *pasticero* trotskista como no filme de Nani Moretti, apenas *pasticero*. No fim dos anos 50 emigrou para Bruxelas, onde tinha um primo, a tua mãe foi depois. Tu já nasceste no inverno gelado da Bélgica. E detestas a Bélgica, como Michaux e como Brel. *Le plat pays*.
És filho único. Estudaste porque eras bom nisso. Foste cada vez melhor e hoje pedem-te comentários Europa fora. Publicaste dois livros, ganhaste prémios, foste traduzido. O teu filho mais velho já está na faculdade.

— E os teus pais?

— Voltaram para Itália porque queriam sol. Moram ao pé do mar.

Estão com 80 anos.

Da tua vida adulta, passaste quase tanto tempo fora como dentro da Bélgica, mas voltaste por causa das crianças. Elas têm todos os primos lá, tios, avós, a grande família da tua mulher.

— A tua vida é essa — digo.

Empalideces.

— Não. Essa é a vida em que faltas tu.

Ah, o nosso pequeno beco no mais belo casarão de Jerusalém, cá estamos.

É o dia 28 de janeiro de 2006, e o *risotto*, aliás, está uma delícia.

Barcelona

Volto à Catalunha a 1 de fevereiro. Nos primeiros 15 dias não trabalho, folgas atrás de folgas em atraso. Vagueio pelas ruas da Gràcia num transe. Sento-me no La Nena, peço um chocolate quente, fico com a chávena nas mãos a sorrir de estar em casa, começando pelo anúncio «Aqui pode-se ler». Leio o teu John Berger. Levo-o comigo pela rua Verdi, sentamo-nos a comer nacos de parmesão com vinho branco. Depois descemos às Ramblas, a espreitar os discos na rua dos Tallers, os cogumelos na Boquería. Seguimos até ao porto e ficamos a ver os barcos.

Tu voltas aos SMS. Eu vou-me calando.

> From: Ana Blau <anablau68@gmail.com>
> To: Léon Lannone <leonlannone@gmail.com>
> Date: Tue, Feb 21, 2006 at 5:05 PM
> Subject:

> Segundo dia de trabalho e a mesma vontade de flanar pela cidade. Numa velha loja de perfumes uma mulher diz que o cheiro da minha pele é de amêndoas e tabaco. Um amolador de facas sobe a rua, uma mão no carrinho, a outra na harmónica, como se o passado fosse ainda possível, fim e princípio do mundo. Perco-me como uma apaixonada. Difícil não é a lembrança mas o esquecimento.

> Ana

Amêndoas e tabaco, repetes, mas também âmbar, violeta, flor de laranjeira e outros perfumes que queres sussurrar. Durante cinco dias não consigo dizer-te nada. Ao quinto dia mandas um SMS a dizer que fumas e comes amêndoas, mas não basta. E no dia seguinte um *e-mail* a dizer que, bom, não sabes se ainda estou em Barcelona ou fui raptada por ultra-ortodoxos que me levaram para Mea Shearim, por islamistas que me enviaram para Islamabad ou por amantes de arte mediterrânica que me expuseram em Helsínquia; não sabes se ainda trabalho no jornal, se tenho um computador ou me converti à pesca da sardinha; não sabes quem ganhou, a lembrança ou o esquecimento; não sabes se estou alegre ou triste; e não sabes bem o que fazer. Posso dizer-te?

 From: Ana Blau <anablau68@gmail.com>
 To: Léon Lannone <leonlannone@gmail.com>
 Date: Tue, Feb 28, 2006 at 11:52 PM
 Subject: Re: ?

 Bom. Vejamos. Acabo de chegar de uma casa onde um amigo de infância morreu enquanto eu estava em Jerusalém. Passei a infância, a adolescência com ele e a irmã naquela casa, tardes, noites, anos a fio. Jogávamos às escondidas, e depois de repente já estávamos a ouvir Tom Waits. Em outubro recebi um *e-mail* no meu quarto de Musrara a dizer que ele tinha

morrido. Este domingo a irmã veio visitar-me.
Há dois anos que não nos víamos e foi como
se nos tivéssemos visto no dia anterior. Chorámos
juntas. Falámos de tudo e de nada para não
chorar. Ela, que jogava às escondidas, vai fazer
40 anos e tem uma filha quase adolescente que
anda a aprender flauta e insulta o professor. Vamos
fazer 40 anos e aqui estamos, como quando
jogávamos às escondidas, mas com buracos
no coração. E tu como estás?, perguntou ela.
Não me dediquei à pesca, não estou exposta
em Helsínquia, nunca fui a Helsínquia e ainda
trabalho no jornal. Não precisei de contar quase
nada para ela adivinhar tudo. Depois ajudei-
-a a vestir o casaco e ela voltou para casa. Eu
não consegui dormir. Acabo de ver o teu *e-mail*.
Há um ano apaixonei-me. O esquecimento não
venceu a lembrança. Dei-lhe todas as voltas,
e detesto repetir-me. Sabes que não me dediquei
à pesca nem estou exposta em Helsínquia
e o que vejo da minha janela quando acordo.
Sabes o suficiente. Muito mais do que eu sei
de ti. E neste *e-mail*, ainda mais, mais uma vez.
SMS como há um ano? O meu silêncio não é do
esquecimento mas da lembrança. Tu, mas tu,
tens a lata de me perguntar o que deves fazer?
Em relação a quê?

O meu *e-mail* é muito comovente, dizes. Telefonas.
Continuo exasperada ao telefone. No dia seguinte
volto a escrever-te.

From: Ana Blau <anablau68@gmail.com>
To: Léon Lannone <leonlannone@gmail.com>
Date: Fri, Mar 3, 2006 at 3:00 AM
Subject: Re: ?

Nas primeiras semanas em Barcelona precisei de silêncio. Estavas muito presente mas eu não conseguia encontrar uma direção para as nossas palavras. A banalidade vem das circunstâncias, não das palavras. Mas tu telefonaste e escreveste, então mandei-te algumas imagens de quando ando pela cidade, para responder à tua inquietação, dizer que estás comigo. A tua resposta reenviou-me à troca de mensagens antes de abril, todo aquele tempo impossível de repetir. Os momentos extremos tornam claro o essencial. Não estou contigo e não estou livre. Persistir nisto é uma rendição. Não me quero render. Quero acreditar no amor. Peço-te mesmo que paremos aqui.

Ana

Ficas a ferver. Durante dois dias decides que nem respondes. Depois respondes porque ferves. Durante semanas deixei-te sem resposta. Ficaste inquieto, mas eu achava exasperantes e banais as tuas tentativas de retomar contacto na situação lamentável em que te deixara. Eu quero ser livre? Tu achavas que ambos tínhamos concordado sermos prisioneiros da nossa mesma história. Achavas que nos íamos render juntos. Achavas que tínhamos combinado um encontro dentro de algumas semanas, se coincidíssemos nas eleições israelitas. Agora acabas de dizer ao jornal que não vais a Israel. Já não tens força. Dás-me a minha liberdade inteira, já que ta peço. Quanto a mim, não sabes, mas tu tens só uma vida. Ela era mais doce, mais bela, mais rica por eu estar nela. Os primeiros dias do nosso último encontro em Jerusalém foram um calvário até nos abraçarmos. Não podes passar assim, sem transição, da felicidade ao vazio. Não concebes recomeçar isso. Queres-me demasiado.

Não respondo. Vinte e quatro horas depois escreves a dizer que foste estupidamente cruel. Pedes desculpa.
Peço-te que falemos ao telefone para nos explicarmos. Resistes, tens medo que não fiquemos calmos, eu insisto. Isto dura mais vinte e quatro horas. Não me lembro da conversa que então temos. Mas a conclusão é cortarmos.

Uma semana depois escrevo-te a dizer que não irei a Israel, portanto estás livre para ir, se quiseres.

Dez dias depois mandas-me um *e-mail* a dizer que te falto, que é cruel, que é desesperante.

From: Ana Blau
Sent: Fri, Mar 24, 2006 at 5:51 PM
To: 'Léon Lannone'
Subject: RE:

Não quero deixar-te sem resposta. Que me faltas também, não preciso dizer.

Três dias depois é o dia dos teus anos.

From: Ana Blau
Sent: Mon, Mar 27, 2006 at 4:48 PM
To: 'Léon Lannone'
Subject: 27 março 2006

Penso em ti, pensarei em ti.

No começo de abril escreves a contar que passaste três dias terríveis em Paris, a andar nos nossos passos, sentado à mesa onde uns apaixonados se olharam nos olhos e pediram champanhe e queijo, sozinhos no mundo. E perguntas se me deves contar isto, se não deves.

From: Ana Blau
Sent: Tue, Apr 11, 2006 at 00:42 AM
To: 'Léon Lannone'
Subject: RE: Paris

deixei de fumar
precisava de uma batalha que pudesse vencer

achas que o silêncio é mais obcecante?

Não é o silêncio que te obceca, sou eu, dizes. O silêncio é uma amputação. Foste amputado da presença, da voz, das palavras e do seu encantamento.

Compraste uma antologia de poesia inglesa, não tem gosto. Também tentaste deixar de fumar, recomeçaste. A tua vontade é menos forte que a minha para te fazer renunciar a quem queres realmente.

> From: Ana Blau
> Sent: Thu, Apr 13, 2006 at 1:30 PM
> To: 'Léon Lannone'
> Subject: RE: silêncio
>
> Perdoa-me, sinto-me incapaz. Silêncio, apesar de tudo.

Quase um mês depois escreves a dizer que sonhaste comigo, um sonho longo, terno e melancólico até chorar. Posso dizer-te como estou?

> From: Ana Blau
> Sent: Fri, May 5, 2006 at 02:14 AM
> To: 'Léon Lannone'
> Subject: RE: Sonho
>
> Sonhei contigo ontem. Seguia-te. Acordei furibunda. Andei pela rua furibunda. Demasiado Vivaldi, demasiado rápido a pé, sob um céu demasiado cinzento. *Gemo in un punto e fremo*, Sara Mingardo. Ouve.

Decido voltar a Jerusalém nas minhas férias. Tenho um livro na cabeça. Escolho um mês, junho.

Abed escreve de Gaza, notícias do colapso. Esteve a poucos metros dos confrontos de hoje. Ouviu bombas e *rockets*, milhares de balas disparadas em minutos. É a primeira vez que vê palestinianos atacarem palestinianos. A atmosfera nas ruas é tão tensa como dois galos a aquecerem para a luta em que só um ficará de pé. Gaza vai a caminho de se tornar uma Mogadíscio, diz. As pessoas não recebem salários há 82 dias. Bens como farinha, leite, carne, gás de cozinha e gasolina são retidos nos *checkpoints* como punição coletiva. Desapareceram das lojas e os preços sobem dramaticamente. Depois há a artilharia israelita, que não deixa ninguém descansar. Ataca a Faixa dia e noite, um tremor de terra contínuo desde que o Hamas formou governo.

Mas as pessoas procuram sentir-se vivas de todas as formas, diz Abed. Leila e as meninas ficaram felizes por saber que venho de férias, porque não há escola até agosto e continuam a falar de mim aos primos e vizinhos, e aprendem inglês para falar comigo. Como anda o meu árabe? *Ana beddy wahed risala law samahty*: quero uma mensagem, por favor. Que eu fique em segurança.

Que *eu* fique em segurança. Querido Abed.

Assim começa a minha resposta: querido, querido Abed, como é que as pessoas aguentam sem salários? Estão a revoltar-se contra o Hamas? O que é que o Hamas está a dizer para as acalmar? Ainda não sei exatamente quando estarei em Gaza, mas imagino que pelo meio de junho. De que precisam todos em casa? É possível mandar coisas pelo correio? Recebem correio aí? Muitos beijos para a Leila e para as três garotas mais lindas que conheço. Estão no meu coração sempre e vamos ver-nos em breve.

Sempre que a energia elétrica permite, Abed é rápido a responder. As pessoas comem pão com azeite e ervas, e perguntam quanto tempo podem sobreviver assim. Há um grande apoio ao Hamas nas ruas porque as pessoas acham que só os líderes religiosos podem ser honestos, organizados e fortes. Doze anos de Fatah só trouxeram corrupção e desespero.

Mas fala-se em guerra civil e os bancos têm ordens para não transferir um centavo para Gaza: são as sanções ao Hamas. Na semana passada, Leila teve de pedir uma botija de gás emprestada ao tio porque as duas de reserva estão vazias. Se o gás continuar banido, Gaza terá de voltar a cozinhar com lenha, sendo que já não tem lenha porque as árvores foram arrancadas pelos buldôzeres há muito tempo.

Por causa das sanções o emprego novo do Abed foi congelado pelo Consulado Americano, então ele arranjou um *part-time*. Sente-se um homem de sorte apesar de tudo, tem a sua família maravilhosa, todos estão de boa saúde graças a Deus, até agora conseguiu atender às necessidades da casa e espera que o *part--time* dê para os próximos dois meses.

Passa a maior parte do dia fora, como voluntário de uma equipa de farmacêuticos, a preparar as eleições do sindicato. Há uma grande competição entre Hamas e Fatah pelo controle dos sindicatos, que são fonte de poder e um indicador de popularidade. Há duas semanas o Hamas ficou com 68 por cento no sindicato dos enfermeiros. Abed está longe de ser simpatizante do Hamas. Quando pôde votar, votou Fatah, e é o que vai voltar a fazer. As meninas passam o tempo com jogos e filmes no andar de baixo, onde estão os tios e o avô. Adoram ficar acordadas até à meia-noite. Tiveram muito boas notas nos exames, então acham que estão em condições de ditar as regras aos pais, ahahahahahah, crescem rápido! Como estão a dormir com Abed e Leila por causa das explosões, o quarto delas está livre para mim. A casa fica no quinto andar, tem boa vista, mas há sempre o perigo de a janela rebentar com um tiro, ou o impacto dos F16.

Preparo a mala: peixe seco, conservas, livros, mimos, tudo o que possa durar mesmo sem energia.

E na véspera de partir escrevo-te.

    From: Ana Blau <anablau68@gmail.com>
    To: leonlannone@gmail.com
    Date: Mon, May 29, 2006 at 9:54 AM
    Subject: Jerusalém

Parto por um mês, uma espécie de férias. Deixei quase uma biblioteca em casa da Sylvia. Quero conhecer alguns lugares ainda. Espero entrevistar Mahmoud Darwish, ir a Gaza, ficar em casa do Abed. Tenho reportagens para acabar, coisas que guardarei para um livro. E o resto veremos. Como vais?

Respondes em menos de uma hora e à primeira linha o meu coração dispara. Ouço-o bater em frente ao ecrã, enquanto volto atrás para reler.
Tentaste deixar a tua mulher, dizes. Foste embora mas voltaste ao fim de duas semanas. Pensaste muito em mim. Propuseram-te ir para Washington como correspondente, e vais lá em breve ver casas, ver escolas, mas não sabes se tens vontade e se tens força. Pediram-te para ires a Gaza em reportagem e recusaste. Trazes uma tristeza que não desaparece. Fora isso, dizes, está tudo bem.
O meu coração dispara porque avanças numa direção. Depois voltas atrás e o meu coração sabe isso. Sabe que te falta coragem. Sabe como usas as palavras falha, medo, tristeza. No fundo sabe que tudo isso pode ser só um amor insuficiente. Seja como for, o teu amor por mim é insuficiente para estarmos juntos. Mas o meu coração continua a disparar.

From: Ana Blau <anablau68@gmail.com>
To: Léon Lannone <leonlannone@gmail.com>
Date: Mon, May 29, 2006 at 11:37 AM
Subject: Re: Jerusalém

Não quero imaginar que estejas assim. Queres falar? A tua crise deve ter continuado por telefone ou SMS, mas nada disso sobreviveu para a memória. E nada resta da minha exasperação, porque uma semana depois, ao partir, digo que te abraço até aos mares do norte.

Jerusalém

Junho em Jerusalém. O jasmim está no auge, a cidade cheira a doce e a caruma. Nem frio, nem calor, volúpia. Já separada, Sylvia comprou uma casa em Abu Tor e convida-me a ficar na *mezzanine* por cima do escritório. Toda a casa também cheira a doce e a caruma, e no frigorífico há sempre saladas e legumes que Sylvia cozinha como escreve, sem lugares-comuns.

Acre

Viajamos juntas um fim-de-semana pela costa, até lá acima, junto ao Líbano, e vejo as muralhas que o tetravô de Daher construiu. Pedra dourada, pátios com arcos em ogiva que foram prisões, vestígios dos Cruzados quando Acre era São João de Acre. E neste verão de 2006 bandeiras verde e amarelo nas janelas, nas portas, nos barcos, porque os árabes de Israel torcem pelo Brasil no Mundial de Futebol. Acre é árabe e é Israel. Oficialmente chama-se Akko. No porto há letreiros em hebraico com símbolos da Coca-Cola e uma frase em inglês a dizer Restaurante Ptolemaico. Ao crepúsculo as famílias sentam-se no pontão a ver o horizonte: vermelho, laranja, dourado, azul-petróleo, pinceladas negras que são nuvens. Uma pintura.

Jerusalém

De volta a Jerusalém, acordo cedo, ando quilómetros, nado meia hora junto à Universidade Hebraica, visito o Museu do Holocausto, o meu sobrevivente do Holocausto, a minha sobrevivente do American Colony, todo um caderno de protagonistas para o livro.

Alon, o poeta israelita que conheci em Barcelona e me pôs em contacto com Sylvia, está em Israel por uns dias. Vagueamos horas pela Cidade Velha, ele com os seus dois metros e uma boina preta.

Até que numa das primeiras noites tu telefonas. Saio para o pátio da Sylvia, e depois para a rua, para te ouvir. Foste a Washington com a tua mulher. Viram casas, viram escolas, percebeste que era impossível. Quando voltaram, disseste-lhe que precisavas de ficar sozinho.

Estás sozinho.

Eu e tu-no-meu-ouvido, na noite de Abu Tor: silhuetas de pinheiros, lua quase cheia, as velhas fachadas árabes que agora são de Cohens e Rabinovitchs com clarões nas janelas, rumor de loiça, choro de bebé, risos. Toda a gente está em casa menos eu.

Ouço os meus passos até ao velho convento de onde se vêem as luzinhas palestinianas, além do muro, eu e tu-no-meu-ouvido. Volto em silêncio, depois de nos despedirmos, como se tudo em volta me acompanhasse.

Continuo a acordar cedo, a caminhar, a nadar. Vou a um bairro de judeus etíopes e a um subúrbio de judeus ultra-ortodoxos. Os que fugiram à fome em ponte aérea quando Israel precisou e os entregues a Deus por pais que já tinham sido entregues a Deus. Vou a Ramallah visitar Zakaria Mohammed, o poeta, Ramzi Aburedwan, o violetista. No regresso, ao passar pelo Jerusalem Hotel, vejo a grande tela montada para o Mundial de Futebol. Quando chego a casa, oito pessoas da mesma família foram mortas numa praia de Gaza. *Rockets* que vieram do mar e que Israel nega serem seus. O Hamas promete responder — a isto e à morte do líder da Jihad Islâmica, assassinado por Israel na véspera.

Gaza ferve.

Nessa noite escreves-me da residência católica para onde foste dormir. Estás rodeado de freiras e famílias bósnias com problemas. Uma mulher conta-te como o marido a espancava. Um homem está quase a contar-te como espancará a mulher no fim do Mundial. Há um parque magnífico com cedros e cerejas, a que as crianças bósnias chamam sorrisos, trocando *cerises* por *sourires*.

— Senhor, pode dar-me um sorriso vermelho?

Lês livros, corres horas à beira da água. Tentas não pensar, mas isso não funciona sempre.

Nunca percebi porque te refugiaste numa residência católica que acolhia refugiados verdadeiros.

From: Ana Blau <anablau68@gmail.com>
To: Léon Lannone <leonlannone@gmail.com>
Date: Mon, Jun 12, 2006 at 6:15 PM
Subject: Re:

Lua cheia ontem à noite, viste? Às duas da manhã os gatos andavam à tareia no pátio da Sylvia. Jerusalém é uma cidade de pátios e de gatos que andam à tareia e depois apanham sol. Passei todo o dia a pensar que te queria escrever. Desde que deixei de fumar ando horas a pé. Ontem de manhã fui de Abu Tor ao Monte Scopus: a velha estação de comboios abandonada, a floresta que cresceu entre as paredes e o caminho de ferro, a rua que sobe para o Paradiso, os muros da Cidade Velha, Musrara, Mea Shearim, os hotéis-mamute ao fundo da avenida, a escola de crianças árabes à direita, os rapazes com *t-shirts* da seleção do Brasil, as raparigas mais descobertas que cobertas, árvores antigas para trepar e jogar às escondidas. Voltei no autocarro 30.

— Não devias apanhar autocarros *nesta altura* — disse o Alon.

Nesta altura, ou seja, com o vulcão de Gaza, não vá alguém recomeçar as bombas nos autocarros.

Perdoem-me, ó eternos
por vos perturbar com a nossa história
repetindo-se a si mesma
exatamente da forma que as flores silvestres regressam,
e as flores púrpura se espalham pelo meu jardim,
mas subitamente é difícil dar graças pela beleza
que só tem por fim ser ela mesma

Alon é aquele poeta que viveu em Musrara e me apresentou amigos como Sylvia. O Oriente Próximo seria possível com Alons, mas Israel não consegue tomar nos braços nem este: vive na Sicília, com o namorado Luca. Jantámos às seis da tarde no jardim da Sylvia: Alon, Luca e Agi Mishol, a poeta israelita que escreveu o poema acima.
    Os limões de Jerusalém são fortes. Muita raspa de limão, disse a minha mãe ao telefone. Pedi-lhe conselhos para a *crema catalana*, a nossa versão do vosso *crème brûlée*, e para o coelho com chocolate. Tinto de Costers del Segre salvo das mãos dos agentes da El Al, que fizeram um festim com a minha mala.
    Alon emociona-se até às lágrimas a ouvir flamenco, como tu. Tem um sorriso de lhe confiarmos a vida e uma cicatriz na cabeça. Certa noite contou-me a história: atirou-se para o meio de uma avenida em Palermo. Queria morrer, por amor. Em Barcelona, recusava-se a ligar do meu telefone para a Sicília. Todas as noites procurava um telefone público para ligar ao seu Luca.

Estava alojado como um pobre, entre as prostitutas e os imigrantes. Mas tem um palácio na cabeça, diz um amigo dele. Tudo isto para voltar a ontem.
    Dizer que penso em escrever-te é redundante, porque desde que nos conhecemos passeio-me como se fôssemos dois, em Barcelona e por toda a parte.
    Talvez a nossa história seja o que já existiu, talvez só tenha existido porque não pode existir, é possível que estando juntos nos achássemos distantes. Não queres fazer-me mal e não queres ser desiludido, eu também não, tudo isso é medo. Tenho a certeza de que pensaste nisso um milhão de vezes.
    Não sabemos, claro. O que sabemos é que estamos aqui, ainda. Sem esquecimento. Desde há quanto tempo?
    Falo do que encontro deste lado, até hoje. És tu que trago comigo, ainda, sempre.
    Um amor de um dia ou de uma vida, qual é a nossa história, era preciso sabê-lo a dois. Sinto-me inteiramente livre para o saber, da mesma forma que me sentirei inteiramente livre se o teu caminho for outro.
    Sinto-me livre.

    Ana

Respondes quatro dias depois, o tempo de eu ir a Gaza, à praia onde a família de oito pessoas foi morta, ao hospital onde estão os sobreviventes. Dizes que é a mais bela carta de amor que já te escreveram. Fez-te chorar, de alegria e de tristeza. Vais-me responder, queres-me responder, mas antes precisas de responder a ti próprio. Pedes que te dê um pouco de tempo.

Dois dias depois falas de uma festa que viste, com crianças a tocar flauta entre as árvores, até ter desabado uma chuva torrencial, como se o céu fosse para os outros. Não, a minha carta não te deixa livre, felizmente, dizes. Cada uma das suas palavras te liga a mim. Vês-me por trás dela, e nela. Vês-nos. Estás farto de não deixar falar as tuas emoções, de estar amarrado, de fazer tudo para esconder aquilo que só pede para se impor. Detestas as meias-tintas, e é o que fazes comigo, não manter as tuas decisões, dar um passo em frente e dois atrás, dizes. Eu digo-te que me sinto livre e pensas sinceramente que o sou. Tu tens um saco de nós no lugar do cérebro, que te impede de seres tu mesmo, e isso desespera-te, dizes. Deixaste as crianças bósnias e os seus sorrisos vermelhos. Alugaste um apartamento até ao inverno. Uma cama, uma mesa, uma caçarola, sobretudo nenhum espelho. Livros sobre a América e os livros de poesia que te ofereci. Não consegues abrir nem uns nem outros. Os nós na cabeça estão muito agitados. Dizes-te que seria preciso veres-me, falarmos calmamente. Mas como não estás calmo, dizes-te que seria preciso ires sozinho para algum lado, muito longe. Agora que o céu abriu não há mais que meia-lua. Perguntas se a vi.

Não te respondo porque não vejo nada que peça uma resposta. Passam cinco dias. Escreves a dizer que as coisas estão claras para ti, que na verdade sempre foram evidentes. Queres ver-me, ouvir-me, fazer-me sorrir, sentir o cheiro dos meus cabelos. Que faço? Fui a Gaza? Posso contar-te algo?

From: Ana Blau <anablau68@gmail.com>
To: Léon Lannone <leonlannone@gmail.com>
Date: Sat, Jun 24, 2006 at 8:35 PM
Subject: Re:

Fui a Gaza na semana passada, vou voltar amanhã por três dias, depois conto-te, talvez do computador do Abed (neste momento escrevo-te um pouco a correr do computador da Sylvia). Estou bem. Podemos ver-nos quando quiseres.

Gaza

Gostavas de estar aqui comigo, diz o teu SMS quando chego.

From: Ana Blau <anablau68@gmail.com>
To: Léon Lannone <leonlannone@gmail.com>
Date: Mon, Jun 26, 2006 at 10:49 PM
Subject: Re:

As acácias-rubras de junho têm o mais belo laranja-fogo que jamais vi. Até Rafah há crianças a esvoaçar na água como se a tensão fosse irrelevante. Hoje o serão acabou com um bolo de aniversário: Fatma tem agora oito anos e ganhou-me às damas.

Ana

Guardo a beleza para ti, enquanto Gaza explode à minha volta. Um grupo de militantes penetra em Israel através de um túnel para atacar um posto militar. Mata dois soldados, fere quatro e escapa de volta pelo túnel, levando o soldado Gilad Shalit.

O ataque, reclamado como uma resposta ao assassínio do líder da Jihad Islâmica e às mortes da família na praia, é levado a cabo por membros da ala militar do Hamas e dos Comités de Resistência Popular (uma frente que reúne gente do Hamas, da Fatah, da Jihad Islâmica e esquerdistas da Frente Popular de Libertação da Palestina).

Em troca de Shalit, querem a libertação das mulheres e dos jovens até aos 18 anos presos em Israel.

De contacto em contacto, eu e Abed acabamos numa sala de cimento a falar com integrantes do grupo. Dizem que a morte dos dois soldados foi um acidente, o plano era só trazer um soldado refém. Escavaram aquele túnel para isso, ao longo de seis meses. Usam outros túneis para receber armas do Egito. Têm M16, *kalashnikovs*, granadas, bombas caseiras, *rockets* caseiros. Indigna-os que o mundo esteja indignado com a sorte de Shalit e esqueça os prisioneiros palestinianos.

Junto à fronteira, os beduínos receiam a invasão territorial, mas a atmosfera geral é de orgulho. Continuamente sujeita a violência e privação, Gaza vê o rapto de Shalit como uma vitória moral contra o opressor, diz-me um psicólogo:
— O orgulho protege a nossa vontade de viver. De outra forma, as pessoas não teriam energia. Em vez de falarmos como vítimas, podemos falar como sobreviventes. A vítima é impotente, o sobrevivente ainda controla. E esse é o domínio da dignidade, que está acima do dinheiro e da comida.

Entretanto Israel cerca Gaza com tanques. Um ano depois da saída dos colonos, é a guerra, nome de código *Chuva de verão*. Bombas, obuses, raides sónicos de F16 durante a noite, para que ninguém descanse. As três filhas de Abed mal dormem, em sobressalto. A mais nova chora em silêncio, exausta. Em breve estamos todos exaustos.

Seis mísseis acabam com a única central elétrica de Gaza e adeus luz elétrica, adeus frigoríficos. Um míssil aterra entre as duas balizas no campo da Universidade Islâmica e sobra uma cratera. É época de exames. Há estudantes a lerem Jane Austen, a preencherem folhas de cálculo, a pegarem no bisturi.

Na fronteira, aviões israelitas lançam panfletos pedindo às pessoas que fiquem em casa. Os tanques disparam a grande ritmo, dois obuses por minuto. Para atrasar a invasão, os moradores juntam montanhas de areia no meio da rua, trincheiras que as crianças sobem e descem, porque o céu não está para papagaios, o mar não está para banhos, e a energia das crianças tem de ir para algum lado.

Os hospitais vão aguentando com geradores, antibióticos e anestesia para uma semana, camas de pau com colchões de borracha por cima, ventoinhas à falta de ar condicionado, e banda sonora de artilharia.

Depois de concluir a sua investigação militar, Israel anuncia que não é responsável pela morte da família na praia. A Human Rights Watch diz que a investigação não contemplou dados recolhidos por palestinianos e organizações internacionais.

No seu gabinete em Gaza, o grande advogado de direitos humanos da cidade está furioso com a Europa, a estúpida Europa.

— Alvejou o movimento democrático árabe na cabeça ao dizer: aceitamos que as eleições foram livres e limpas, não aceitamos os resultados. O que pensa que o movimento democrático árabe acha disto? Aqueles que estavam à espera, que se sentiram inspirados por nós, a primeira democracia sob ocupação na terra, a primeira democracia no mundo árabe?

Ao não aceitar a eleição do Hamas, diz este ativista, a mensagem da Europa foi: vamos apoiar os corruptos.

— Estão a convidar Bin Laden para a região. Não me refiro à Al Qaeda fisicamente, mas à introdução da lei da selva.

A cada manhã é preciso arranjar água potável e comida que não se estrague fora do frigorífico. A cada serão é preciso entreter as meninas enquanto as janelas abanam sempre que há um clarão e depois um *boom*. A velocidade da luz é superior à velocidade do som, até a mais nova já sabe isso. Jogamos às damas, jogamos aos países, estamos juntos num quinto andar, no meio da cidade.

É o tempo mais duro que já passei em Gaza, escrevo todos os dias para o jornal e rapidamente não terei um tostão, mas de tudo isso nem uma palavra para ti.

Barcelona

Sequência de SMS: queres que te conte Gaza, escutas um disco que fiz e danças, estás pronto a ir a Vladivostok por mim, onde eu quiser desde que eu não esteja coberta. Já tomaste uma decisão sobre Washington: aceitas. Entretanto é julho, férias com os teus filhos. Em Marselha dizes que as cigarras se calam num terraço igual ao meu em Jerusalém. Em Arles dizes que cortas as duas orelhas se não te respondo.

Fica combinado que nos encontramos em agosto.

Enquanto isso, o Hezbollah dispara *rockets* para o norte de Israel e Israel responde bombardeando o Líbano. Guerra contínua nos próximos 34 dias.

Propões o fim-de-semana de 13 de agosto, com um par de dias antes e depois. Barcelona, Roma, Baleares, Veneza, Amesterdão, Londres, Pequim...?

Barcelona, proponho, com uma viagem pela Catalunha. 12 a 20?

Uau!, uma semana!, pronto a cortar o braço por isso, dizes, dramático agora em versão eufórica, muito, muito feliz, louco de alegria, a ver estrelas cadentes, a fazer um desejo para nós, a achar intermináveis os dias.

Várias mensagens por dia até à manhã da tua partida.

Então pela primeira vez vens ter comigo à minha cidade, e estou tão nervosa com a ideia que consigo chegar atrasada ao aeroporto porque fiquei a cozinhar parte do jantar que quero fazer para ti. Planeei isto como tu planeaste as ostras de Paris, fui às compras, cortei, limpei, descasquei, fiz o que pode ser feito antes da hora. Difícil pensar num plano mais absurdo para receber um amante ao fim de meses de separação, deixá-lo à espera nas Chegadas, chegar com as mãos frias de picar salsa, não parar de falar como na primeira noite em Paris, fazer tempo como no cinema em Paris.

Um amante, é essa a palavra, ainda? Ou finalmente?

Aqui estás tu, a fumar uma cigarrilha no passeio, vejo-te pela janela do táxi, abro a porta, sorrio, tu lanças a beata ao chão, sorris, entras, o táxi arranca, sorrimos mas os olhos não se olham, depois de tudo o que sabemos, sem sabermos nada do que será.

Pela primeira vez não é um caminho paralelo, uma traição. O centro da tua vida coincide com o centro da minha vida e à nossa volta está tudo em aberto.

Agorafobia.

Não me lembro de nos termos agarrado quando fechei a porta de casa. Acho que não aconteceu. Vejo-te a subir os degraus. Vejo-te virar a cabeça, com o teu sorriso flutuante, dedos alisando a barba. A minha casa. Estás em minha casa. Tudo aqui te fala de mim, esse abismo onde de repente podes cair. Vejo-te de pé na cozinha, ao meu lado, um copo de vinho na mão, eu de olhos no lume, punhos de renda negra. Até que finalmente me abraças como em Paris, o instinto mais forte que o medo: já basta, não? Beijamo-nos e tudo fica escuro.

Mas há algo ao lume. São nove da noite, não nos vemos há seis meses, e eu mantenho o absurdo plano de cozinhar para ti hoje-agora-já, talvez porque nunca te tive à minha mesa e suspeito que amanhã seja nunca, como no verso de uma poeta mexicana. Depois jantamos na varanda apesar de estar vento, porque é essa a continuação do plano, partilhar as magnólias e as estrelas, aquilo que vejo todas as noites, mas faz tanto vento que as velas se apagam sempre que as acendo e tu não vês nada do que estás a comer.

Que desastre, penso, olhando para trás. E a seguir penso que talvez isto seja só memória de sobrevivente, tornando triste o que não era para o fim não custar tanto. A verdade é que todos estes anos não contam. Por cada imagem triste há um pensamento que a relativiza. Se neste momento te visse, terias desaparecido ontem. Ou seja, não terias desaparecido.

A rigidez do plano só se desfaz na cama, como os nós na base do meu pescoço, até não sabermos onde um começa e o outro acaba.

Garrotxa

Uma amiga de infância vai deixar-me a sua casa da Garrotxa hoje de manhã, por isso saímos cedo para alugar um carro, atordoados de quase não termos dormido. A viagem da minha amiga coincidia com a tua, e tu nunca estiveste na Garrotxa. Mil anos para trás, a duas horas de caminho: bosques de faias, cascatas, vulcões, pontes românicas sobre espelhos de água, basalto contra verdes verdíssimos, paisagem de muitos verões.

— A minha avó catalã comprava queijo e iogurte aos pastores. Tínhamos uma *masía* perto de Besalú.

— O que é uma *masía*?

— Uma casa rural. Como estas, vês...?

Pedra ocre, teto achatado, a aparecer entre as árvores, aqui e ali, ao longo da estrada.

— E Besalú?

— Ponte medieval, cruzados, trovadores, judiaria...

— A tua avó era de onde?

— De lá mesmo.

— Vamos lá?

— Havemos de ir.

— E agora?

— Subimos aqui à esquerda...

Caminho íngreme, entre faias. De baixo só se vê a natureza, mas a meio aparece um telhado, e depois

uma grande varanda aberta para o vale, pouco diferente de como deve ter sido há 500 anos.
É a idade da casa.
Paredes de pedra, chão de tábua, portas azul-anil, um ondular de roupa branca. A minha amiga Meritxell foi de férias com os filhos, deixou os lençóis na corda, duas postas de carne numa travessa, sopa de abóbora com alho francês do quintal.
Tu fumas uma cigarrilha a olhar o vale a teus pés.
Eu encosto-me à pedra quente, a olhar-te.

O meu trilho favorito fica por dentro do bosque, subindo, subindo, até que o emaranhado de galhos se abre numa clareira: cinco cascatas à nossa frente. Veios brancos numa encosta verde e, se caminharmos para o sol, fosforescentes.
Estás incrédulo.
— Como é que não há turistas aqui?
— Estão todos em Palma de Maiorca.
Se não chove na Garrotxa é porque não chove em lado nenhum da Catalunha. Aqui o céu não é seguro, as águas são frias.
— Afinal, és filho do norte ou do sul?
— E tu?
Já tiraste a camisa. Tiras as calças, os ténis, sorris. Mergulhas de cabeça.

Ficamos ao sol nas lajes, ombro com ombro, pele arrepiada, coberta de gotinhas. Até que lentamente os poros fecham, a água evapora, e adormecemos.

Uma mão quente no meu umbigo. Abro os olhos: a tua cara na minha.

Depois, à altura da sua reputação, o céu muda de ideias. Descemos o trilho antes que as pedras fiquem escorregadias. A chuva desaba quase no fim. Corremos para casa como quando eu tinha dez anos e os filhos do tio Pepe vinham atrás de mim com lagartos.

Chuva de verão, tarde fora. As tábuas parecem mais velhas, as paredes mais húmidas, nós lado a lado na varanda, subitamente estranhos. Dois estranhos em silêncio, bebendo a vodca que trouxeste. A chuva entra na terra e é tudo.

Aqui sentada vejo como te habituaste a só estar comigo fora de ti. A tua melancolia não vem de mim mas também não se extingue comigo. E agora, ao longo de uma semana, não há guerra, não há fuga, não há exceção. A aventura virá de nós ou não virá.

Acendo velas na cozinha, cozemos a abóbora e o alho francês, deitamos a carne na brasa. A noite enche-se de vapor e de fumo. O céu volta a mudar de ideias. Tocam sinos.

A toda a volta dormem beneditinos, capuchinhos, devotos de há mil anos, mortos e vivos. Sant Pere de Besalú, Sant Genís i Sant Miquel, Sant Sepulcre de Palera, Santa Magdalena de Maià, Sant Pere de Mieres, Sant Aniol d'Aguja, Sant Martí de Talaixà, Santa Barbara de Pruneres, Mare de Déu del Carme, Santa Maria de Puigpardines, Santa Magdalena del

Mont, Sant Joan les Fonts, Santa Maria del Collell, Sant Vicenç del Sallent, Mare de Déu dels Arcs, Santa Maria de Finestres. Mosteiros à sombra dos Pirenéus Orientais, névoa e neve de todo o ano, lá no cume. Terras de morrer por Cristo, entre túmulos de aristocratas obstinados e valas de pobres sem nome, súbditos da Coroa de Aragão.

— Quando os cruzados vinham da Palestina, descansavam nas terras altas da Catalunha — digo.

— Imagina a canseira, tanta cabeça cortada.

— Aqui, os mouros andavam mais para baixo, na costa. Nas histórias que a minha avó me contava eles é que vinham sempre de espada no ar.

O nosso quarto tem uma cama de ferro que range e uma janela sobre o vale. Cestinho deixado pela Meritxell para a primeira manhã: queijo Garrotxa, compota de framboesa, pão escuro, tomates. Tu cortas os gomos, retiras as grainhas, claramente uma rotina. Fico a olhar as tuas mãos, toda a existência de gestos firmes anterior a mim, e sinto uma dor absurda, como um membro amputado há séculos. Não vivi contigo o que já viveste, e isso é ao mesmo tempo irreversível e inaceitável.

Os trilhos sobem e descem, os pulmões abrem em par, vento na cara. Deitamo-nos sobre as cinzas cor de ferrugem. El Croscat, o vulcão mais jovem da Península Ibérica.

E nos dias seguintes ziguezague para Oriente.
Descemos a Santa Pau e à Fageda d'en Jordà,
a Idade Média com o seu bosque de poeira dourada.
Subimos a Besalú, a ponte há 800 anos sobre as
águas do Fluvià, o *call* como se estivéssemos em Jerusalém: bairro judeu com sinagoga, *mikvah* e pedra calcária.
Descemos a Girona, alamedas de plátanos, três
rios refletindo a cor das casas, catedral com nave gótica e escadaria barroca, igrejas românicas, banhos
árabes e *call*.
Somos isto, palimpsesto de guerra e de sangue.

Noite num mosteiro, antes de descer à costa. Tateio
com todas as minhas extremidades e a matéria conflui
desde o seu núcleo. Não tens a pele dura dos circuncidados. A cabeça do teu sexo nasce só para isto, cega
e sensível a cada vez. Sento-me nela, afundo, desapareço. Sou o cimo onde tu bates, e bates, até à dissolução. Pequena morte, sim, porque a morte há de ser
o fora da história, ausência de bagagem e de cronologia. Noite branca.

Chegando a Roses, começa uma valsa de 17 quilómetros. Curva-contracurva, curva-contracurva, tu ao
volante e eu só quero que não acabe. É a hora antes
da alvorada, para fugir ao inferno de agosto. Quando avistamos Cadaqués batem as seis. Daqui a pouco
será impossível estacionar o carro. Fazemos a pé o trilho até Port Lligat, com o céu a levantar. Silhuetas de
oliveiras e ciprestes, ao fundo uma enseada, o recorte
do Mediterrâneo. Podia ser a Itália onde nasceste ou

o nosso Levante. É verdade que há Dalí, com o seu museu, os seus turistas daqui a pouco, o seu óleo de atrair insetos. Mas na baía, assim ao amanhecer, ainda somos só nós. Um mergulho para começar o dia, depois Cadaqués de volta ao carro.

— E agora?
— A fronteira.

Portbou

Idealmente teríamos vindo da Estació de França, em Barcelona, de onde saem os comboios internacionais e tudo evoca os êxodos do século xx, fugitivos, perseguidos, refugiados, exilados. Mas para quem vem da Garrotxa o melhor é descer à costa. Cadaqués foi só um pequeno desvio e em menos de uma hora chegamos a Portbou: uma baía, três ruas paralelas, os Pirenéus nas costas. Quando a fronteira era visível, isto alimentava restaurantes, albergues, lojas. Agora não se passa nada, o tempo avançou para longe.

Estacionas o carro em frente à praia:
— O que viemos aqui fazer?
— Visitar um morto.

Walter Benjamin chegou a Portbou no dia 26 de setembro de 1940, depois de atravessar os Pirenéus a pé, fugindo aos nazis. Queria alcançar a América, onde ia trabalhar como investigador, mas a polícia espanhola não o deixou passar, deu-lhe apenas uma noite antes de o recambiar como judeu. Benjamin estava doente, sozinho e perdera tudo. Alojou-se numa pensão que já não existe. Tomou uma sobredose de morfina. Na manhã seguinte foi encontrado morto.

Subimos a colina até ao cemitério onde está o corpo, embora ninguém saiba exatamente onde. Durante cinco anos teve um nicho, depois passaram-no a vala comum, depois foi criada uma campa simbólica, para as pessoas terem onde deixar pedrinhas com mensagens.

Estou a olhar para as pedrinhas, nunca aqui estive antes, e de repente vejo como a morte de Walter Benjamin foi em vão. É uma angústia diferente da que senti nos museus do Holocausto, em Jerusalém ou Berlim, talvez porque aqui não estou perante a morte irrepetível de seis milhões, mas sim perante a morte uma-a-uma que se repete no Mediterrâneo, no Arizona, em Gaza, homens encurralados por outros homens, impedidos de passar. A memória do mal maior não traz em si o bem, depende de cada um. Toda a memória é individual, toda a morte é em vão.

Cá fora, a água está azul e a terra verde, prodigiosa. Mesmo à beira do precipício há uma árvore e ao lado um túnel de ferro trespassa a colina em diagonal, terminando no vazio, sobre o mar.

É a homenagem do artista israelita Dany Karavan, 70 degraus de ferro até à ponta suspensa, onde só um vidro impede a queda no redemoinho das águas. Em baixo o mar, por cima o céu, uma experiência em que cada um se achará o mais sozinho dos homens, como Hannah Arendt disse de Walter Benjamin. Um trilho de pedras leva ao topo da colina. Aí estamos os dois, voltados para a baía, quando um amigo me manda um SMS a dizer que o filho de David Grossman, soldado de combate, morreu lá na outra ponta do Mediterrâneo, um dia antes do cessar-fogo entre Israel e o Líbano.

Barcelona

Regressamos à cidade dia 20, diretos ao clube onde o meu amigo Bernat está a pôr música, e hoje põe música só para nós. Dançamos juntos toda a noite, passamos o dia seguinte na cama, ceamos em cima da água. É a véspera de partires mas não importa. Depois de tudo sei que quero estar contigo. Então, quando começas a falar do que não sabes depois de tudo, sinto o sangue subir. Nunca me viste assim e ainda não viste nada.

Fazemos o caminho para casa sem uma palavra. Na imagem seguinte estou sentada na minha sala, numa ponta do tapete, e tu estás na outra ponta. Se desligarmos o som, ficam as minhas mãos agitadas no ar. A memória atropela-se em todos os seus piores momentos. Que tudo rebente, que tudo rebente, antes isso.

Sais porta fora. É o meio da noite. Deito-me com aquele excesso de energia em que nada pode ser de

outra maneira. Quando acordo levo uns segundos a
focar: sim, rebentou, não é mentira.
Amanhece quando ouço a porta. Tu, pálido, a dizer
que não consegues partir assim.

Etc.

Ao fim da manhã chamas um táxi para o aeroporto. Pelo
caminho mandas um SMS a dizer que o taxista ama a minha rua e chora contigo ao saber que deixas o teu amor lá.

Vários SMS teus por dia, nos dias seguintes.
12h30: quando voltamos a dançar?
14h: ainda não fomos ao Campo dei Fiori.
20h: Paris, Londres, Roma...?
Entram os *e-mails*, com datas para o próximo encontro: 15 ou 16 de setembro?
Não estarmos juntos parece-me impossível. Fecho-me como num poema de cummings à espera que abras. Tu dizes que sim, que sonhas com a Garrotxa, que acordas com vontade de me comer.

Roma

Então dia 15 aterras em Roma de manhã. O meu voo já chegava mais tarde e ainda atrasa. SMS enquanto estou no ar:
    12h22, foste ao hotel fazer o registo mas não entraste no quarto;

12h35, esperas-me entre as flores;
16h22, continuas entre as flores.

Frio demais para o meu vestido sem mangas e as minhas sandálias, altas demais para os paralelepípedos do Campo dei Fiori. Arrasto a mala, mal dormi, tenho olheiras, tenho peso a mais. Roma é a minha cidade favorita da Europa, estou em Roma e tu estás já ali, mas eu avanço em câmara lenta, agarrando-me à extrema realidade de tudo, queijos, pastas, pêssegos, figos, malaguetas penduradas como chifres, cheiros pungentes de peixe e de *pesto*, vestígios de especiarias, molhos de cravos no colo de Roma-a-diva, com o seu perfil operático, o seu riso em cascata, em grupo, aos pares, de bicicleta, de vespa. Toda a praça roda à minha volta, em volta da praça roda o sol e tu és um buraco negro. Então o sol dá-te em cheio. Estás encostado à fonte, depois da estátua de Giordano Bruno, que há 400 anos aqui foi queimado por dizer que somos nós que rodamos à volta do sol. Fumas uma cigarrilha, chamas-te Léon. És um desconhecido e és tu. Qual deles vais ser?

Encosto o meu corpo ao teu. Por uma fracção de segundo Giordano Bruno perde a razão. E depois a terra continua a rodar.

O estalajadeiro tinha dito que o quarto era minúsculo, e de facto. Mas na verdade é demasiado grande. Pousamos as malas, olhamos para os cantos, sorrimos de mãos na cintura. Sei que acabamos por nos agarrar porque me lembro de estar despida em cima da cama,

ainda à luz do dia. Não me lembro de estar feliz, nem
de nada mais neste quarto. A memória vai e vem de forma descontínua. Imagens vívidas, sem cronologia. Nós em Roma: duas linhas paralelas que não acham a curva.

O Palazzo Barberini levanta-se contra um céu de
tempestade, ocre, barroco. As nossas vidas separadas têm vários Caravaggios, mas não este. Viemos
para ver Judite degolando a cabeça de Holofernes
com aquele estupendo franzir de testa que é quase
fascínio. Veias, tendões, carne trespassada. Para isso
fodemos, penso. Não sei em que pensas. A luz vem
da janela e bate na cor vermelha que pende sobre a
brancura de Judite. Para isto estamos vivos. E tudo
o mais dessa tarde se vai, Raffaello, Filippo Lippi,
Andrea del Sarto, Lorenzo Lotto, Beccafumi, Ticiano, fundidos na memória das nossas vidas passadas,
algures em Itália.

Agora estamos numa *cantina* tumultuosa, a comer
piza com as mãos, talvez a beber vinho barato, muito
perto um do outro. É uma daquelas panorâmicas que
se fecham num *close up*. Falas da pequena aldeia dos
teus pais. Não descansaste enquanto o mundo não
fosse teu, como não descansaste enquanto eu não fosse tua. Há algo sôfrego, megalómano, que finalmente
entendo. Tens as costas curvadas dos que obedecem
mas vestes como um Casanova. O mundo trabalhou
em ti, alterou o teu sangue de peão. Dois passos para
abrir o jogo, um para recuar.

Mudamos de hotel. O novo quarto fica numa casa antiga, isolado por um pátio. É em forma de L, com a janela ao fundo, o que deixa a cama na penumbra. E, ao contrário da tarde em que chegámos, aqui a noite prolonga-se em manhã pelos quatro cantos da cama e contra as paredes, enquanto lá fora chove. Com as tuas mãos de estátua, fletes as minhas pernas, seguras um joelho de cada lado, chupas-me a língua, os dedos, os mamilos, desces as mãos e a cabeça, enfias a língua no meu sexo, língua, lábios, nariz, voltas--me de bruços, separas as nádegas, o teu sexo sobe pela minha coluna, propaga-se à nuca, só respiração, só estertor no meu ouvido, *putain*, fala-me ao ouvido, Léon, diz o meu nome, acaba comigo.

Quando saímos continua a chover. Chove ao longo do Tibre, e debaixo das árvores ao longo do Tibre, o que nos faz correr entre beirais, até um canto onde ficamos a ver o céu desabar sobre o Tibre, em frente ao Castel Sant'Angelo. Eu sei que se pode ser feliz como os gatos por causa da chuva ou apesar da chuva. E pode não se ser feliz como os gatos faça chuva ou faça sol. É assim que estamos, encostados à pedra, à espera que a chuva passe, como se isso fosse uma solução.

Já fui feliz na Via del Pellegrino, entre anjos, ateliês e alfarrabistas, quando encontrei o *Alexandria* de E. M. Forster na tradução italiana. Levo-te lá, à Libreria del Viaggiatore e à loja de óculos artesanais ao fundo. Resolves comprar uns óculos com a minha ajuda. Estes. Não, estes. Ou estes. Os teus olhos azul-indigo estão nos meus olhos como se eu fosse o teu espelho. Haverá momentos em que tu próprio acreditas nisso.

Como continua a chover, quero comprar uns sapatos, e por isso andamos até à Piazza di Spagna, voltas e mais voltas para nada, porque na verdade não quero comprar uns sapatos, só que me agarres no vão de uma porta ou num beco, e a minha cabeça pare de pensar, e eu acredite.

Vamos ver o restauro da Capela Sistina, nós e alguns milhares, em turnos. Cá estamos, de queixo levantado, a identificar a carnalidade revelada, músculos e membros contra o azul-celeste. A vários metros de altura é certamente o paraíso, um fresco do céu cobrindo o inferno onde nos apertamos, e não um contra o outro.

Os nossos passos pelos corredores do Vaticano, lado a lado.
Quando alcançamos a saída, não tenho o casaco que trazia atado à cintura. Faço o caminho em sentido contrário, à espera de o ver caído, enquanto ficas a fumar lá fora.
Os meus passos pelos corredores do Vaticano, sozinha. O casaco não está em lado nenhum. Para cobrir os ombros, resta-me um lenço que uma amiga trouxe do Cairo quando tínhamos 20 anos, o meu favorito. Também ele desaparecerá no fim da viagem.

No último dia vamos à Villa Adriana. Sempre que vim a Roma fui lá, e fosse agosto ou dezembro pareceu-

-me sempre verão, ondulação com ciprestes, pedras quentes, azul por cima. Imagino Adriano com aquela barba arredondada dos bustos vendo Antínoo olhar tudo. A derradeira beleza de só fazer para dar, desejar todos os corpos num e tê-lo ao lado.

O que só torna mais estranho não me lembrar de ti, de nós lá, como se tivéssemos sido apagados da fotografia. Aparecem os palácios, os banhos, o teatro, o Canopus e o Serapium, com as estátuas e as árvores refletidas na água, mas não nos vejo, e desta vez não é verão.

A nossa única imagem é já no autocarro de volta, já noite, eu à janela, tu a falares de acampamentos na adolescência, do teu primeiro amor, de tesão, de rejeição, e isso me doer.

Então tudo desaba no aeroporto, depois de partires, enquanto espero o meu voo. Estou exasperada de não dormir, do sexo desesperado, de me despedir até à próxima, de não querer despedir-me. Choro contra uma parede. Vagueio atordoada pelo Duty Free. Tudo brilha, telas com peles de pêssego e músculos, lábios entreabertos num orgasmo. Como é que as pessoas conseguem viver umas com as outras? Como têm maridos, mulheres, filhos, netos e fazem compras? Há homens a experimentar *blasers* Hugo Boss em saldo, como tu farias. Sento-me a olhar os destinos, Adis Abeba, Kuala Lumpur, Auckland. Nenhum lugar é realmente longe.

Barcelona

O teu *e-mail* no dia seguinte não bate certo com esta memória. Num dia parto de Roma em estado de choque e no dia seguinte queres que leia uma reportagem sobre Salinger no Lago Walden? Teremos falado da vida nos bosques a propósito da tua ida para Washington? Em que parte é que ias fazer uma cabana para nós, como Salinger quando fugiu? Mas não é só o teu *e-mail*, é a minha resposta, com um mp3 de Walt Whitman.

Aqui vamos nós outra vez.

De madrugada mandas-me um SMS a dizer que não sou tua amante, sou o teu amor e precisas de mim. No dia seguinte dizes que não precisas de ver mais, que te basta ver-me. Uma hora depois dizes que és sincero, que não são apenas palavras. Meia hora depois dizes que te sentes no começo de uma grande aventura. Em resposta a Whitman mandas-me um excerto das *Memórias de Adriano*, que te enchem as noites:

> *E confesso que a razão fica confundida perante o puro prodígio do amor, da estranha obsessão que faz com que esta mesma carne que nos inquieta tão pouco quando compõe o nosso próprio corpo, que apenas nos preocupamos em lavar, alimentar, e, se possível, impedir de sofrer, possa inspirar-nos uma tal paixão de carícias simplesmente por estar animada de uma individualidade diferente da nossa, e porque apresenta certos traços de*

beleza, sobre os quais, aliás, os melhores juízes não estão de acordo. Aqui, a lógica humana fica aquém, como na revelação dos Mistérios.

Eu estou em Barcelona. A mãe dos teus filhos está em Bruxelas. Tu preparas a mudança para Washington com um sentimento e uma certeza, diz um SMS teu.

Cantarolas pop. Queres saber se este e aquele autor catalães traduzidos na Bélgica valem a pena. Ouves cantos sufis que dizem o que podemos ser e te dizem que sou para ti. Chegaram os teus óculos romanos, já com as lentes. A mudança é quase impercetível do exterior, dizes, mas tu só vês os lados bons. Combates as minhas reservas.

Aqui vou eu outra vez.

Uma semana depois de voltar de Roma envio-te diálogos de *Trust*, aquele filme em que o rapaz anda com uma granada no bolso mas agarra a rapariga quando ela se deixa cair de um muro. Tu prometes agarrar-me, evitar que eu caia ou cair comigo. Descobres um cozido catalão em Bruxelas. Vês fotografias minhas às duas da manhã. Continuas o combate.

Depois levas três dias para responder a uma mensagem. Ao quarto dia respondo-te, glaciar. Ao quinto conversamos. A minha voz, dizes, tem um efeito forte sobre ti. Nos piores casos faz explodir tudo por dentro, nos melhores faz magias. Perguntas-me se a granada do rapaz é algo comparável.

Estás a tentar decidir se ficas no apartamento do anterior correspondente, quarto e sala com *kitchenette*, não muito espaço para os teus filhos quando forem passar tempo contigo, e sem um café na esquina. Valerá a pena? Será melhor algo maior, não tão central? E eu ajudo-te, envio *e-mails* a amigos de amigos, colegas de colegas, a perguntar o que acham.

Quanto à granada, por vezes penso que tenho uma dentro.
Não, pensas tu, não tenho uma dentro: sou uma granada.

E-mails todos os dias. A seguir um SMS a dizer que de repente não compreendes: se me amas e eu te amo, torturamo-nos porquê?

De dia falamos de casas. Os amigos dos meus amigos respondem, tu fazes visitas virtuais. À noite, SMS dramáticos. Alternas constantemente entre euforia e depressão. Queres mudar isso mas não sabes como. Pegas e largas o telefone. Não tens força para uma conversa dramática, não tens coração para uma conversa mole, não sabes onde estamos, não queres que nos queimemos a perguntar isso, e perguntas se compreendo. No dia seguinte lês o que escrevo sobre a vindima no Empordà e falas-me de vinho. E no dia seguinte estamos a combinar o próximo encontro.

Barcelona, de novo, por um fim-de-semana. SMS em série.

Desta vez não cozinho e não te deixo à espera nas Chegadas. Tenho um carro emprestado, vamos pela costa visitar um par de amigos poetas, Adrià e Llura. Estamos a meio de outubro, mas as pequenas rosas de Llura ainda estão floridas. Ela traz ervas para o chá, pão de lenha, doces. Falamos de uma amiga deles que viveu nos conventos flamengos da Bélgica. É como se morasses comigo.

Ao fim da tarde descemos a uma praia deserta com grutas.

Voltas a Bruxelas a ler o *Deserto* de Le Clézio que te dei em Paris. Em SMS sucessivos dizes que o fim de semana foi lindo, que me adoras, que adoras cada segundo comigo, que estamos juntos.

    Decido tirar dez dias de férias para ir ao Líbano. Vou incluir no livro os campos de refugiados palestinianos. E quero ver como ficou a fronteira com Israel depois da guerra, esta última.

    Falamos do *kitsch* das cenas amorosas nos filmes israelitas, de praias desertas com grutas, de beijos com gosto de fruta madura, mas um pouco salgados.

Vais levar o teu filho mais velho a Amesterdão, prenda de anos. Ajudo-te a procurar um hotel. Deixas de fumar e reincides. Encontro este poema de John Berger:

Maravilhoso um punhado de neve na boca de homens
que sofrem de calor
Maravilhoso o vento de primavera para os
marinheiros que anseiam partir
E mais maravilhoso ainda o lençol que cobre dois
amantes numa cama

Respondes de Amesterdão a falar dos não-ditos com o teu filho, como o fim de uma época. Sábado darás um salto a Washington, aproveitando um convite para jornalistas estrangeiros, e sentes esse fio forte e invisível na direção de Barcelona, de mim. O que nos separa, dizes, é a separação.

Decidiste alugar o apartamento do ex-correspondente em Washington.

Mando-te uma história que escrevi sobre uma hipotética irmã africana, quando a minha mãe estava a fazer pesquisa na Costa do Marfim grávida de mim, a irmã que teria nascido no mesmo dia que eu, se eu lá tivesse nascido. Respondes logo em seguida, a dizer que a minha história te escapa, o meu pensamento te escapa, quando crês ter-me compreendido te escapo, mas cada palavra minha te faz ter a certeza de que estás apaixonado, queres dizer-mo e dizê-lo a ti mesmo sem drama, sentes isso com todo o teu corpo, que te falto como sal.

De que estás à espera, então?, pergunto.
Put your lips together.

Durante o teu salto a Washington levam-te a um bar com uma televisão por mesa, servem-te nacos de carne, descobres a América. Amish recolhidos por anabatistas e refugiados turcos que deitam *ketchup* por cima das folhas de vinha para se tornarem americanos. Assobias mas não te respondo. Onde estou?

>From: Ana Blau <anablau68@gmail.com>
To: Léon Lannone <leonlannone@gmail.com>
Date: Fri, Nov 3, 2006 at 1:36 AM
Subject: Re:

D'ici là, lembras-te? O livro do Berger que me deste e que eu adorei. Daqui aí (onde estiveres). Não consegui encontrar um voo para Beirute antes de sábado, então parto sábado à tarde e volto dia 14. E o Halloween? Lembro-me de há anos estar em Nova Iorque a 31 de outubro e as ruas se encherem com fãs de Diamanda Galás para um concerto (Carnegie Hall? Radio Music Hall?). Vou ler os teus artigos do Líbano. Foste a Baalbek? Diz-me algo que tenha ficado na tua cabeça e que eu deva ver. De qualquer forma estarás lá todo o tempo. *I put my lips together*.

Escreves-me de Nova Iorque, acabado de sair de uma Barnes & Noble, onde voltaste costas a Bush e ao Iraque. Quase sem querer foste parar ao canto de velhos amigos nossos, Dylan Thomas, Emily Dickinson, e.e. cummings. Quando deste por ti caíra a noite. Levantaste os olhos, a ver onde eu estava.

Beirute-Sul do Líbano-Baalbek

Mando-te um beijo de Hamra, o bairro muçulmano onde toda a gente ficava nos anos 70. Mayflower Hotel, alcatifas tão gastas quanto as cortinas, queimadas por muitos cigarros de correspondentes de guerra.

Escreves de Washington sobre as pequenas feiticeiras de Halloween e as avós com bombons. Escreves de Nova Iorque sobre a maratona, o olhar esvaído dos corredores a chegar ao Central Park ao som de jazz. Prometes correr no ano que vem. Parece a promessa dos judeus: no ano que vem em Jerusalém. Acredito que neste momento acreditas: no ano que vem, juntos.

Imaginas-me a andar na marginal de Beirute em passo de marcha. Perguntas se já fui aos campos de refugiados palestinianos e ao sul. Dizes que uma parte de ti está no Líbano, e essa parte sou eu.

Sim, faço a marginal de Beirute em passo de marcha, vendo a curva dos arranha-céus contra o céu. Acabou de chover, está uma luz bíblica. O topo de muitos prédios parece comido por traças. São tiros.

 Passei dias nos campos de refugiados, a ouvir as histórias de quem em 1982 sobreviveu ao massacre de Sabra e Chatila, mas perdeu filhos e filhas. Os campos são emaranhados de cimento, lama e lixo piores do que na Cisjordânia, piores do que em Gaza, porque estes palestinianos estão longe de casa e a probabilidade de voltarem é remota. Tornaram-se o preço mínimo da paz no discurso ocidental. Insistir numa paz que os inclua passou a ser irrealista. Vidas pagando para que outras vidas sejam possíveis.

Depois, o sul de Beirute, bastião do Hezbollah, está como uma cidade na Segunda Guerra, prédios semidesmoronados, crateras onde havia prédios. E o sul do Líbano está como depois de um buldôzer. Em algumas aldeias não resta uma casa de pé.

Viajando para leste, podemos pensar que entretanto em Baalbek nada se passou. Os templos em pé, as formidáveis colunatas, a expansão do império romano ao sol morno de novembro. Mas estou quase sozinha, e em volta a vila está cheia de bandeiras verdes do Hezbollah e pósteres do líder Nasrallah, com as suas barbas negras, o seu sorriso de quem derrotou Israel.

Volto ao crepúsculo.

Beirute cresce em todas as direções, bairros, bares, cafés, morre um, nasce outro, uma estrela-do-mar. Encontro trompetistas que escrevem, pintores que fazem blogues, e mesmo um trompetista que escreve, pinta e faz um blogue. Galeristas, livreiros, editores, arquitetos, artistas plásticos, músicos, líderes de bandas de culto, espertos, inquietos, jovens, mesmo quando já não são jovens.

Nunca estive num lugar onde tudo fosse tão rápido: conhecer gente, partilhar a vida durante uma hora, viajar para sul, para norte, para leste. Não rápido-de-raspão, como na América. Rápido-intenso como quem sabe que a qualquer momento rebenta outra guerra. Fúria de viver.

Um dos músicos trabalhou com uma cantora belga que vivera no Cairo. No momento em que ele me conta isto tenho a certeza de que é a tua mulher. Ex--mulher. Oficialmente ainda mulher. Fico a saber o nome dela. Até hoje sei.
    Mas não sei como estas coisas me acontecem, ir de Barcelona ao Líbano e conhecer alguém que conhece a tua mulher em Bruxelas. Coisas que não acontecem na ficção, porque ninguém acredita.

Barcelona

No dia seguinte ao meu regresso contas que estás a encaixotar as tuas coisas quando dás com o livro de Eliot que te mandei com uma polaróide. Datei--o a 7 de novembro de 1989, conhecemo-nos a 7 de novembro de 2004, este 7 de novembro mandei-te um beijo de Hamra e hoje és tu que me beijas, apaixonadamente.

Estás de volta a Bruxelas, a preparar a mudança para a América. Partes dia 27. Faltam dez dias. Passamos a manhã num pingue-pongue de SMS. Só sobreviveram os teus:
    11h21: Essas palavras, era humor desesperado. Para não dizer eu amo-te.
    11h30: Eu amo-te.

13h25: Sim, também estava a pensar nisso. Vou ver quando é possível. Mas tu tens de escrever...

Sim, tenho de escrever o livro, agora que já fui ao Líbano. Mas tu vais mudar de continente. Aquilo em que também estavas a pensar era num derradeiro encontro, antes de partires.

No dia seguinte envias-me um plano: a empresa de mudanças vem buscar os teus caixotes quinta 23, mas ainda conseguirias chegar a Barcelona ao fim dessa tarde. E regressarias a Bruxelas sábado 25, de manhã, para passares o último fim-de-semana com os teus filhos, porque o teu voo para a América é na segunda. Tens duas ou três mil coisas para resolver antes, esta partida sacode tudo, demasiado, mas pelo menos faz-te ver quem queres realmente, dizes. É a mim que queres. Morres de vontade de estar perto, ouvir o meu riso, tocar-me. Estás cheio de confiança em nós.

Duas ou três mil coisas para fazer antes de mudar de vida, e arranjas espaço para vir ter comigo nas últimas noites antes dos últimos dias com os teus filhos. Impossível que no momento em que pensas isto não acredites tanto quanto eu.

Então vens. E tenho apenas três imagens nítidas dessa estadia.

Na primeira estás na minha varanda, com uma das tuas camisas de *dandy* acabadas de comprar. Chegaste

com um par delas, desdobrando para eu ver, como uma criança. Olhas o horizonte, como se o fixasses.
Na segunda estamos deitados na cama, pés para a cabeceira, um de frente para o outro, nus, abraçados. É então que pergunto se o nome da tua mulher é o nome da tua mulher. Tu dizes que sim, voltas-te de barriga para cima, olhos no teto. A atmosfera entre vocês está tensa. E para vires a Barcelona desististe da festa de despedida com os teus amigos.
Na terceira imagem estamos no La Nena a tomar chocolate quente enquanto lemos jornais, e um deles tem Joanna Newsom na capa, o novo disco. Sei que chove porque no dia seguinte ao teu regresso me dizes num *e-mail* que te faz falta a chuva de Barcelona.
Levei-te ao aeroporto ao amanhecer? Se sim, então foi aí que nos vimos a última vez. Se não, fiquei à porta, a ver a tua cabeça desaparecer pela escada. Parece pouco para o que está para trás. Mas nas histórias por acabar não sabemos que aquela vez vai ser a última.

Dia 26, domingo, mandas-me um SMS a dizer que estás com os teus filhos em Bruges, que me vais telefonar antes de partir, que gostas do verso do meu poeta. Não me lembro que verso é, nem de que poeta.

No primeiro *e-mail* ao chegar a Washington contas que não conseguiste ir a um concerto de Amadou e Mariam mas pensarás em mim de qualquer forma. Não me contas como chegaste.

Ligo-te sem querer ao tentar enviar uma mensagem, desligo antes que atendas e reescrevo a mensagem pedindo desculpa. Respondes que não há nenhum problema, que te estás a instalar, que limpaste o pó do apartamento, compraste lençóis e bolachas no supermercado da esquina, escreveste o teu primeiro artigo, um daqueles que podiam estar em qualquer agência, mas com a angústia de um estreante.

> From: Ana Blau <anablau68@gmail.com>
> To: Léon Lannone <leonlannone@gmail.com>
> Date: Fri, Dec 1, 2006 at 3:27 PM
> Subject: Re:
>
> Ok, vou ler-te. Tenho muita vontade de falar contigo, um turbilhão de pequenas coisas, e de repente pareceu-me estúpido pedir desculpa por te ligar acidentalmente ou enviar mensagens, porque quero saber de ti, ouvir-te. A morada é aquela que me mandaste quando viste o apartamento do teu colega?

Propões falarmos mais à noite para trocar turbilhões, e dizes que adoras ouvir a minha voz, mesmo por acidente, sempre. Mandas-me um número fixo, combinamos uma hora. Não me lembro do que falámos, mas nessa noite ainda te mando um poema do meu amigo Adrià.

Dás-me a tua morada, pedes a minha. Dizes que faz um sol glacial, mas te sentes um pouco mais conquistador do Novo Mundo, portanto vais correr. Eu leio sobre Jerusalém na Gràcia, a pensar no primeiro capítulo do livro, mas sobretudo se no próximo inverno estarei no Novo Mundo. Entretanto dou-te a minha morada.

Escreves a contar que daqui a dias há uma performance de Meredith Monk. Temes que a conferência de imprensa de James Baker lhe vá ganhar.

Eu passo o dia com um artista plástico que de vez em quando reencontro. Vamos almoçar ao restaurante em cima da água onde tu e eu tivemos a mais terrível discussão. Ficamos a beber vinho toda a tarde, enrolados em cachecóis, com aquela luz de inverno que só existe no Mediterrâneo, antes de corrermos da chuva. Se não estivesse tão convicta de nós podia apaixonar-me por este homem. Mas é por saber que me podia apaixonar por este homem que vejo como estou convicta, como te quero, como te quero a ti. Então ao chegar a casa, por causa disso e do vinho, conto-te que acabo de chegar, fugindo da chuva e de ser raptada. Menos de uma hora depois respondes que te tornaste o *jogger* 358 653 de Washington, e perguntas quem é que além de ti me quer raptar.

From: Ana Blau <anablau68@gmail.com>
To: Léon Lannone <leonlannone@gmail.com>
Date: Sun, Dec 3, 2006 at 10:11 PM
Subject: Re: Re: By night

Por mais ninguém quero ser raptada, sobretudo agora que te tornaste o *jogger* 358 653.

3 de dezembro, portanto, e somos dois namorados.

From: Ana Blau <anablau68@gmail.com>
To: Léon Lannone <leonlannone@gmail.com>
Date: Tue, Dec 5, 2006 at 1:34 AM
Subject: that cat

Mazen Kerbaj, o trompetista-desenhador-escritor-
-blogger, sobre a situação no Líbano: «A oposição está na rua, o governo nos gabinetes, a oposição também quer os gabinetes e o governo tem medo de acabar na rua.» Cat Power, em concerto, ao abandonar o piano bruscamente: «Ok, parece que vos estou a aborrecer, vocês estão a tossir, isso quer dizer que querem que me cale.»

Tenho o plano do livro na cabeça, léonadoroescreveroteunomeléon.

Ohhhhh, dizes tu, deslizas sob os meus lençóis e brincamos aos gatos selvagens.

From: Ana Blau <anablau68@gmail.com>
To: Léon Lannone <leonlannone@gmail.com>
Date: Wed, Dec 6, 2006 at 2:21 AM
Subject: washington waits

Sei que estarás nos braços de James Baker, impossível ter ciúmes dele. Vou deslizar sob os meus lençóis.

Respondes com um mini-retrato da América. Quando fazes fila no supermercado, uma máquina diz-te a que caixa deves ir. Há vagabundos de sobretudo e sandálias a comprarem livros na Barnes & Noble. Os esquilos sobem ao teu andar pelas escadas de incêndio, certamente para escapar aos loucos que gritam pelos corredores. Precisas de dez minutos para entender que molho querem pôr na tua sanduíche. Não sabes nada da América e não paras de escrever sobre ela. Ardes de impaciência.

> From: Ana Blau <anablau68@gmail.com>
> To: Léon Lannone <leonlannone@gmail.com>
> Date: Wed, Dec 6, 2006 at 10:26 AM
> Subject: leibovitz
>
> Ardes de impaciência para conhecer ou do que já conheces? O teu Baker de hoje é de quem habita entre os esquilos desde sempre. Fiquei muito impressionada com as imagens que a Annie Leibovitz fez até à morte da Susan Sontag. Que história.

Mas os teus intervalos vão-se tornando maiores, o silêncio mais espesso. Até que no dia em que faço 38 anos tentas falar comigo no *chat*, e como não me achas mandas um SMS a meio da tua manhã, que é já o meu meio de tarde: «Feliz aniversário, querida, o teu poeta indicou-te o caminho.» Ânimo para o livro, bem sei, mas fico a olhar o telefone porque me parece totalmente ao lado.

O meu humor vai piorando ao longo da tarde. Amigos para jantar, toda uma festa. Amasso, corto, bato, tempero, estou capaz de te dar um tiro. Porque não estás aqui mesmo não estando aqui? Envio-te um SMS a dizer que te quero falar. Respondes que estás a escrever, pedes paciência. Quando finalmente telefonas, digo-te que se passa algo, que não sinto força nem convicção, não sinto a tua presença, não te sinto. É o começo de uma tempestade, mas os convidados começam a vir, tenho de desligar. Sorrio escada acima, escada abaixo, com a sensação de que a minha vida se partiu ao meio. Sem saber porquê, sei que acabou.

Ainda essa noite, no fim da festa, volto a enviar-te um SMS para falarmos. Respondes que me escreveste, pedes que leia. Como a minha internet está em baixo, só a meio da manhã leio a tua despedida.

Não conseguirás falar ao telefone, melhor por escrito, começas por dizer. Não estás bem, estás farto de não estar bem, entedias-te só de falar nisso, choras, vomitas, andas às voltas. A tua auto-estima está a zero, dizes. E dizes que quando não gostamos de nós não temos lugar para os outros. Não gostas de ti. No entanto, sabes o que sentes, admiras-me, desejas-me, cada coisa que vem de mim é preciosa. Amas-me, tens a certeza, dizes. Mas és incapaz de transpor os teus muros. O problema não é chegar a mim mas sair de ti. Tentaste durante meses, de cada vez voltas a afundar-te, e com a distância ainda é pior. Sim, tenho

razão, era preciso ser forte, decidido, inventivo. Mas
tu sentes-te assombrado pela culpa, pelas mensagens
dos teus filhos, pela solidão. Não estás boa compa-
nhia. Tudo isto eu vejo e sei porque vejo no mais fundo de ti, dizes, sou inteira e verdadeira, amo o mundo,
sei quem sou, tenho razão em ser impaciente, manter
a fasquia alta, ser fiel ao que sinto, querer que sejas
tão inteiro quanto eu, mas tu estás em pedaços. Então não queres continuar a apodrecer a minha vida,
portanto, temos de parar. Corta-te o coração dizer
isto, mas tens de te levantar sozinho. Pensas que estás prestes a abdicar da parte mais importante da tua
vida, mas não vês outra solução. Se não tens respeito
por ti, tens de ter respeito por mim. Ficarei sempre
em ti, dizes. E repetes: sempre.

Respondo logo, antes que a pancada esfrie e doa
a sério:

> From: Ana Blau <anablau68@gmail.com>
> To: Léon Lannone <leonlannone@gmail.com>
> Date: Sun, Dec 17, 2006 at 11:00 AM
> Subject: Re:
>
> És sincero, compreendo. Prefiro mil vezes que me
> digas as coisas assim. Claro que se não estás bem
> nada irá. Não te preocupes comigo. Não apodre-
> ces a minha vida, pelo contrário. Amo-te, quero o
> melhor para ti, mesmo se esse melhor é sem mim.
> Deixo-te livre. Ficas no meu coração. Beijo-te.

Quatro anos depois, não acredito como escrevi isto. Releio e não acredito. E no dia seguinte, pior:

> From: Ana Blau <anablau68@gmail.com>
> To: Léon Lannone <leonlannone@gmail.com>
> Date: Mon, Dec 18, 2006 at 10:34 AM
> Subject: Re: Re:
>
> Respondi logo depois de ler o teu *e-mail* mas ele continua a fazer eco. Não quero que penses que era preciso ser boa companhia à distância por eu ter dito que tínhamos de ser inventivos. O real é o que inventamos para viver, não porque o mundo seja bom e belo, mas porque é sobretudo o contrário. Arrancar a vida ao dia-a-dia, será isso a poesia. E muitas vezes estamos incapazes de falar, é preciso simplesmente dizê-lo. Perdoa-me este P.S. Acordei como se me arrancassem o coração.

Três horas depois mandas-me um SMS a dizer para eu não me inquietar, que pensas em mim. À noite escreves um *e-mail* a dizer que também tu tens o coração arrancado, mas estás num encontro em Washington cercado de gente, e durante dois dias não podes falar ou escrever, mas vais fazê-lo, prometes. Três dias depois escreves a dizer que é belo e justo o que digo sobre a poesia, o amor, que pensas na punição que nos infliges e a achas sem sentido, que te sentes desolado de provocar isto mas não consegues agir de outra forma. E perguntas se compreendo, porque tu próprio não compreendes, as evidências do contrário são demasiado fortes, dizes. E finalmente dizes que não consegues instalar-te na alegria, que o problema deve ser esse, reticências.

Difícil pensar num fim pior do que reticências, de todos os pontos de vista, forma e conteúdo, não, Léon? E no entanto o instinto de sobrevivência sobrepõe-se: não tenho um ataque de fúria, não digo que não tens tomates para falar comigo, não me meto num avião para Washington, não subo as tuas escadas de incêndio como os esquilos, não pergunto se precisas de alguém que apareceu na tua vida e não sou eu, ou de alguém que não desapareceu da tua vida e não sou eu, ou de um psiquiatra.

Quando na verdade, Léon, não compreendi então, não compreendo hoje e quatro anos depois o teu *e-mail* sincero parece-me só uma versão melodramática do clássico: não és tu, sou eu. Mas porquê Barcelona até à véspera de partires? Porquê eu amo-te até ao fim com reticências? És só um rato ou também um canalha?

Seja como for, em dezembro de 2006 fica tudo escuro e o meu instinto de sobrevivência tenta acreditar no que não se vê. Algum dia vais reaparecer.

Mas como tu e eu sabemos, Léon, até hoje esse dia não aconteceu.

2010

*Muito desejei amado,
lelia doura,
que vos tivesse a meu lado,
edoi lelia doura.*

Pedro Anes Solaz

Damasco

Como este pátio ficou frio, Gilgamesh. Afinal há inverno em Damasco. E imagino no teu tempo, sem aquecimento global. Claro, não existia ainda Damasco, tudo se passava entre Tigre e Eufrates. Andei por lá, nas tuas cidades, durante a invasão americana do Iraque. Subi ao Grande Zigurate de Ur com Apaches a zumbir no ar.

Quando Léon desapareceu, Barcelona estava gelada. Tirei um mês de férias e tentei mergulhar no livro sobre israelitas e palestinianos. Trepava pelas paredes para não fumar. Se fumasse seriam duas derrotas. Comia nozes, embrulhada em mantas.

No fim de janeiro apareceu uma reportagem inesperada e de um dia para o outro aterrei na humidade de Bombaim. Foi tão avassalador como mudar de corpo. As pessoas flutuavam por cima do lixo. Havia deuses na raiz das árvores, flores amarelas, velas. Tudo vinha desde sempre e não ia acabar. A Índia ocupou tudo.

Mas quando voltei a Barcelona a história estava lá, com o seu escuro de alçapão. Semanas, meses, anos: nem uma palavra. Num dia em que podia matar

Léon, apaguei os números dele do telefone. Depois havia os dias em que me podia matar: se tivesse feito e dito aquilo, se não tivesse feito e dito aquilo. Em suma, se eu não fosse eu, se ele não fosse ele. Agora volto a perguntar, como os gregos quando alguém morria: tinha paixão? Sim, mas a paixão era a sua fronteira. Uma parte ia esgotar a outra e antes disso ele salvou-se.

Amanhã é véspera de Natal, aniversário de um homem que nasceu além do Jordão há 2010 anos. Uma espécie de príncipe como tu, Gilgamesh, mas sem lança. Deixou muitos seguidores, aqui mesmo, na Cidade Velha. Sabes quando tocam sinos?

Karim chegou ontem à noite, ainda não o vi. Investiguei sobre ele nos últimos dias. É um grande intérprete de *qanun*, a harpa árabe. Já era músico no Brasil, virtuoso do violão. O apelido Farah vem do bisavô, que fugiu de Damasco em 1908 para escapar ao exército otomano, fundou família no Rio de Janeiro e nunca mais voltou. Karim foi o primeiro a visitar a Síria e hoje passa mais tempo aqui do que no Rio. A meio dos anos 90, quando o regime se abriu uns milímetros, comprou este palácio do século xiv, recuperou as camas de baldaquino, as tapeçarias, as madeiras, os lustres, e fez um salão de música como há séculos.

A pesquisa que ando a fazer é para um livro sobre a relação entre judeus e árabes no Al Andaluz, não só Espanha, também Portugal. Ontem, no meio dos papéis, dei com uma cantiga de amigo que transcrevi à mão por causa de um poeta português contemporâneo, Herberto Helder. Ele usou o refrão como título de uma antologia: *Edoi Lelia Doura*. É um refrão misterioso, talvez uma corruptela do árabe.

Eu velida nom dormia,
lelia doura
e meu amigo venia,
edoi lelia doura.

nom dormia e cuidava
lelia doura
e meu amigo chegava,
edoi lelia doura.

O amigo seria um árabe do Al Andaluz. Mas que significa *Edoi lelia doura*? Gosto desta hipótese: *E a noite roda*.

Ah, aí vem Karim.

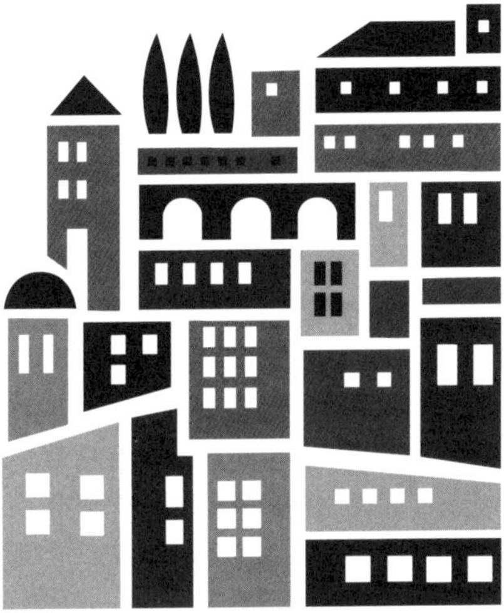

Banda sonora
e outros agradecimentos

Richard Swift. Ibn Al Qaysaran. Gilgamesh. CocoRosie. Marcel Proust. Sigur Rós. Lawrence Durrell. Tim Buckley. Daniel Barenboim. Konstandino Kavafis. David Grossman. Dylan Thomas. Jacques Brel. Léo Ferré. Jeanne Moreau. Edgar Allan Poe. Natacha Atlas. Amadou & Mariam. Devendra Banhart. J.S. Bach. E.M. Forster. Hugo Pratt. Antoni Gaudí. Serge Gainsbourg. Jane Birkin. Victor Hugo. Condessa de Ségur. Jaime Gil de Biedma. António Reis/Margarida Cordeiro. Marjane Satrapi. Fela Kuti. Ingmar Bergman. J.M.G. Le Clézio. Joanna Newsom. Rainer Maria Rilke. Cervantes. Claudio Monteverdi. Meredith Monk. Frédéric Chopin. Arvo Pärt. Erik Satie. Henryk Górecki. Low. Maria Callas. P.J. Harvey. The Clash. The Smiths. Francisco de Quevedo. Sophie Calle. Les Arts Florissants. Luis Muñoz. T.S. Eliot. Ramzi Aburedwan. Marguerite Yourcenar. Alejandra Pizarnik. Etgar Keret. Lambchop. Umm Kulthum. Fairuz. Avi Mograbi. Claude Debussy. Amos Gitai. Charles Baudelaire. Valéry Larbaud Blaise Cendrars. Amos Oz. John Berger. Antonio Vivaldi. Sara Mingardo. Henri Michaux. Tom Waits. Mahmoud Darwish. Zakaria Mohammed. Vincent Van Gogh. Agi Mishol/Lisa Katz. Walter Benjamin. Hannah Arendt. e.e. cummings. Michelangelo Caravaggio. Leonardo da Vinci.

Adriano. J.D. Salinger. Walt Whitman. Hal Hartley. Emily Dickinson. Pedro Anes Solaz. Herberto Helder.

(Gilgamesh e Proust por Pedro Tamen, Dylan Thomas por Ivo Barroso, Cervantes por José Bento, Baudelaire por Ivan Junqueira. Restantes traduções da autora.)

*

2010-2011: São Bartolomeu dos Galegos, Praia Grande, Ilha Grande, Aiuruoca, Cosme Velho. Obrigada a quem me convidou, Kathleen Gomes, Tatiana Salem Levy, Daniela Moreau. À minha editora e amiga Bárbara Bulhosa e a toda a equipa da tinta-da-china, Inês Hugon, Madalena Alfaia, Vera Tavares, João Mota, Rute Paiva. À Susana, à Christiane, à Anna e ao Theo, que também leram. Ao Changuito, que acompanhou tudo. O nome próprio da narradora antecipa o nascimento de Ana Moreira Marques. Bem-vinda.

Alexandra Lucas Coelho nasceu em dezembro de 1967, em Lisboa. Estudou teatro e comunicação. Trabalhou na rádio e a partir de 1998 no jornal *Público*, onde editou suplementos literários, coeditou a cultura e integrou a equipa Grandes Repórteres. Entre 2001 e 2009 cobriu o Médio Oriente e a Ásia Central. Foi correspondente em Jerusalém e atualmente escreve a partir do Rio de Janeiro, onde vive desde 2010. Foram-lhe atribuídos vários prêmios de jornalismo. Em Portugal, publicou *Oriente Próximo* (Relógio d'Água), *E a Noite Roda*, *Viva México*, *Caderno Afegão* e *Tahrir* (Tinta-da-china) — estes dois últimos também editados no Brasil.

e a noite roda

foi composto em carateres Hoefler Text e impresso pela Geográfica Editora, sobre papel pólen soft de 80 g/m^2, no mês de junho de 2012.

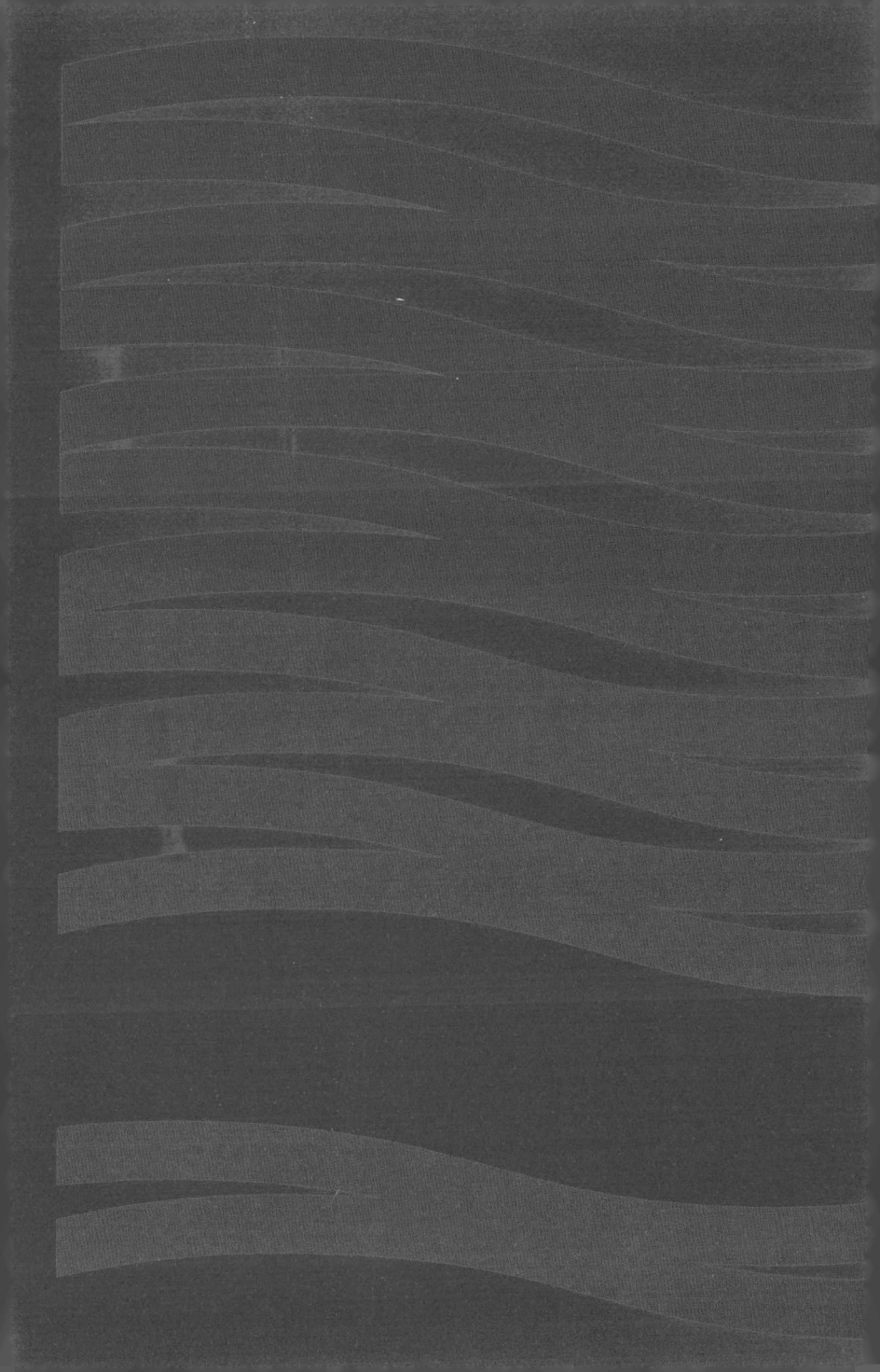